KD

TEC
防衛隊

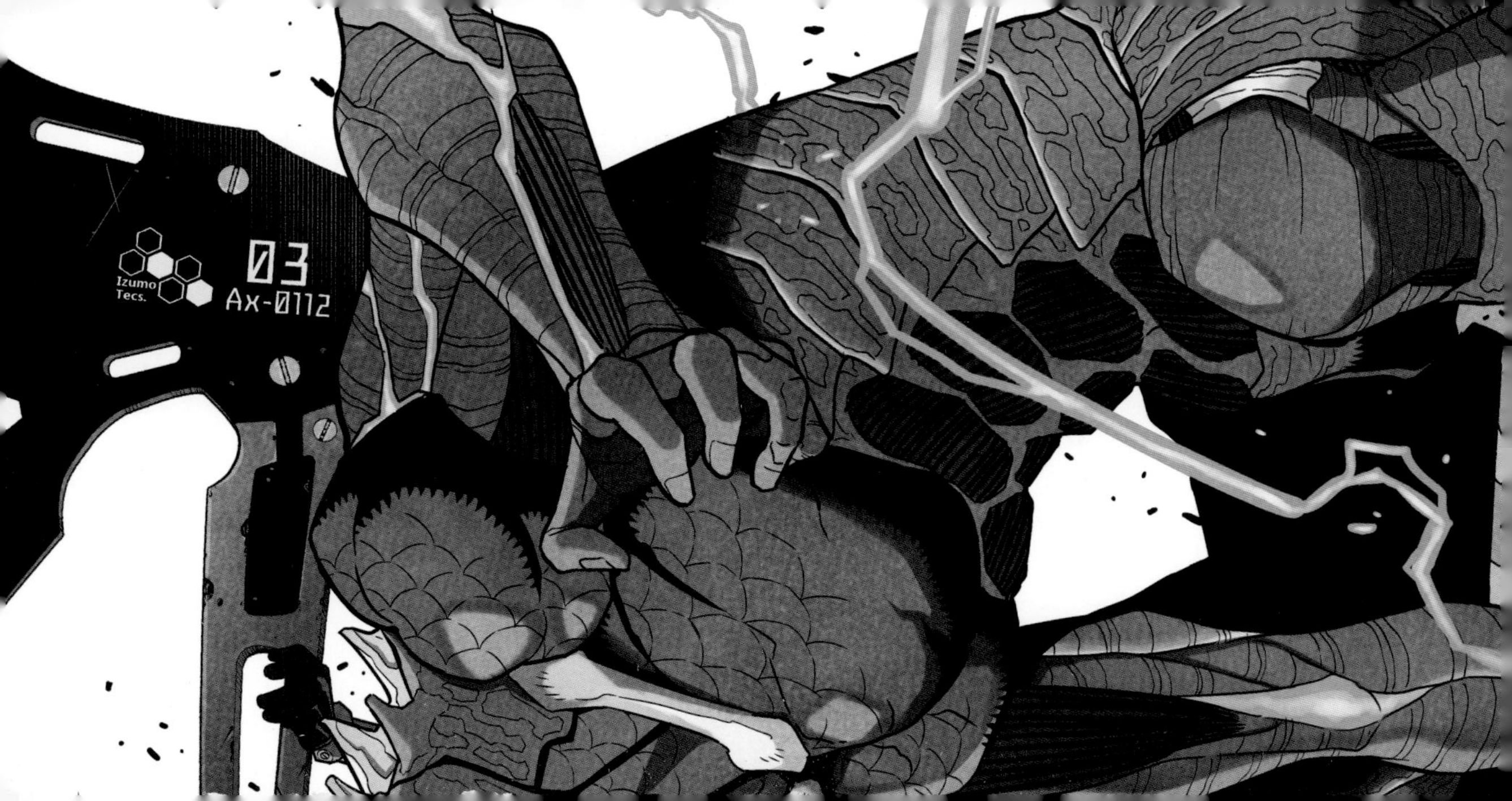
Izumo
Tecs.
03
Ax-0112

JA
TEC
討伐庁

怪獣8号

密着！第3部隊

松本直也 × 安藤敬而

小説 JUMP j BOOKS

怪獣8号 密着！第3部隊

怪獣発生率が世界屈指の日本。
そんなこの国で怪獣討伐を担う、カフカたち日本防衛隊第3部隊に
ドキュメンタリーの密着取材が入ることに。
はたしてカフカはカメラの前で正体を隠しきることができるのか——!?

日《ひ》比《び》野《の》カフカ ⇔ **怪《かい》獣《じゅう》8号《ごう》**

日本防衛隊第3部隊候補生。謎の生物によって身体が怪獣化するようになる。

亜《あ》白《しろ》ミナ

日本防衛隊第3部隊隊長。
カフカの幼馴染。

保《ほ》科《しな》宗《ソウ》四《シ》郎《ロウ》

日本防衛隊第3部隊副隊長。
刀のスペシャリスト。

【日本防衛隊第３部隊隊員】

市《いち》川《かわ》レノ

四《し》ノ《の》宮《みや》キコル

出雲《いずも》ハルイチ

古《ふる》橋《はし》伊《イ》春《ハル》

神楽《かぐら》木《ぎ》葵《アオイ》

小《お》此《この》木《ぎ》このみ

水《み》無《な》瀬《せ》あかり

五十嵐《いがらし》ハクア

怪獣8号 密着！第3部隊

CONTENTS

OPENING

オープニング

時刻は午後九時を回っていた。車もまばらになってきた目抜き通りの歩道を、大勢の若者が連れ立って歩いていた。一見すれば大学生の集団に見える。だが、注意深く観察すればその身体《からだ》にはがっしりと筋肉が付き、男も女も一様に鍛え抜いていることがわかる。

立川《たちかわ》基地第3部隊——ここ立川市に拠点を構える防衛隊の新人たちだ。彼らの多くは十代から二十代とまだ初々しい。しかし、その列の最後尾近くを歩く男は、まるで学生たちを引率する教師然とした風貌だ。今年度の防衛隊における最高齢の新人合格者——日比野《ひびの》カフカ三十二歳は口元を押さえていた。顔は青く、その足はふらついている。

「うぷ……。気持ち悪っ……」

そんなカフカを支えているのは同僚の青年、市川《いちかわ》レノだ。

「だから言ったんですよ先輩、飲みすぎだって」

「飯も美味《うま》かったからつい……」

「気に入ってくれたようで良かったよ」

爽やかに笑いながら答えたのは、出雲《いずも》ハルイチ。対怪獣兵器を作る国内最大手会社の御《おん》曹司《ぞうし》であり、今回の打ち上げの幹事を務めていた。

　今から二週間ほど前、相模原《さがみはら》に菌類系の超大型怪獣が出現した。カフカたち新人は初任務として、その討伐に当たった。しかし怪獣9号が襲来し、新人隊員の二人、レノと古橋《ふるはし》伊春《イハル》は負傷して入院。カフカたちは同期二人の退院を待ち、初任務の慰労会を開いたのだ。

酒も入って大いに盛り上がり、隊員同士で率直な意見をぶつけ合うこともできた。

「おえぇ……明日まで尾を引くかもしれん……」

　カフカは腹をさすりながら苦しそうに呻《うめ》く。怪獣解体業者に勤めていたときは、安酒で晩酌するのが楽しみだった。再び防衛隊を目指すようになってからは酒や煙草《たばこ》を控えていたこともあり、随分と弱くなっていたようだ。

　余韻が抜け切らず、赤い顔で楽しそうに話す隊員たち。彼らを見て、金色の髪《かみ》の少女――四ノ宮《しのみや》キコルは「ふん」と鼻を鳴らす。

「まったく……揃《そろ》いも揃って酔いすぎ。学生気分が抜けてないんじゃないの?」

　キコルと仲の良い同期の水無瀬《みなせ》あかりは、窘《たしな》めるように笑う。

「でもさ、きこるん。こんな機会は防衛隊に入ってからなかったんだし」

「あかり、それはそうかもしれないけど……」

「きこるんも二十歳《はたち》になったら一緒にね」

気恥ずかしそうに顔を逸《そ》らすキコルを見てあかりが笑う。

「そう、水無瀬の言う通りや」

キコルたちの後ろから関西弁で声がかかる。細目で痩身の男――防衛隊第3部隊副隊長、保科宗四郎《ほしなソウシロウ》。隣には丸眼鏡《めがね》をかけた小柄なオペレーター、小此木《おこのぎ》が立っている。

「年数を経れば経るほど忙しくなるからな。同期皆でこんな騒げるのも今のうちだけや。楽しめるときに楽しんどき」

保科は、レノにもたれかかったカフカの背中を軽く小突く。

「なんやカフカ、返事もできてへんやんか。外周でも行っとくか？」

「ちょ、保科副隊長。さすがに今日くらいは勘弁してくださいよ……！」

「冗談や冗談。明日につけといたる」

「本気じゃないですか！」

「それくらい行っとき。日比野カフカ正隊員」

「……！」

正隊員、という言葉に胸が躍る。カフカは入隊試験でスーツの解放戦力が0％だったこともあり、これまで候補生扱いだった。しかし、相模原での功績が評価され、正隊員として認めると飲み会中に通達を受けていた。

「とはいえ、僕がしたのは事前通告。正式な辞令は亜白《あしろ》隊長からや」

「ミナから……」

「呼び捨てにすな」保科はカフカを小突く。「当たり前のことやけどな、それまではまだ候補生扱いや。辞令前なら取り消しもあり得るからな」

「気を付けなさいよ。そんなことになったら目も当てられないから」

「わかってる。心配してくれてありがとな、キコル」

「……別に。もしそうなったら、祝った私たちが馬鹿みたいでしょ」

カフカは静かに拳《こぶし》を握りしめる。

(でも、ようやくだ)

幼い時分より抱いていた防衛隊員になるという夢。一時は諦めかけたが、レノと出会い再び目指し始め、そして今日ついにその夢が叶《かな》った。

一同は駐屯地に向かい、橋を渡っていた。川上から一陣の夜風が吹く。風は湿気を帯びており、酒で火照《ほて》った身体には少し蒸し暑い。

「……ん?」

カフカは思わず顔を顰《しか》めた。夜風には独特の臭気があった。これは――血と肉の生臭さだ。

「おい、あれ見ろよ！」

先を歩く伊春が河川敷を指さした。カフカたちは足を止め、その方向を見つめる。

河川敷の一角にはバリケードが張られていた。その中央に、全長二メートルほどの巨大魚が横たわっている。ただの魚ではない。肉食獣のようにたくましい四肢が生えていた。土手《どて》っ腹《ぱら》には風穴が開いており、ぴくりとも動かない。

「あれは……魚類系の怪獣ですね。もう売約済みのテープも貼られてる」

「みたいだな」カフカはレノの言葉に頷《うなず》く。「これからの季節、死骸はすぐに腐るからな。特に魚類系ならなおさらだ」

魚類系怪獣はカフカも何度か解体経験がある。腐った怪獣の解体は思い返すだけでも地獄であり、鼻の奥にその臭いが蘇《よみがえ》ってくるようだ。恐らくこの怪獣は明け方には解体され、通勤時間には影も形もないだろう。

「でも、来るときはなかったよな？」

「さきほど民間人から通報があったんや」カフカの問いに保科が答える。「別件で近くにいた斑鳩《いかるが》小隊に対処させた。フォルティチュードも小規模。死傷者は一人も出とらん」

「飲み会中ですか？　いつの間にそんな――」

と、そこで気づく。カフカたち新人はジャージなどラフな格好で飲み会に臨んでいた。

だが保科と小此木は、飲み会の最中も防衛隊スーツのままだった。

(万一のとき、いつでも出動できるようにしてたのか……!)

怪獣大国日本《にほん》──この国では怪獣の出現はもはや日常だ。地中から、山から、川から、湖から、空から、怪獣は至るところから現れ、大きな被害を齎《もたら》す。

その被害を防ぐのが、防衛隊員である。新人たちは実際に現場へ出たことで、防衛隊員としての強い自覚が芽生え始めていた。

もちろんカフカもその一人だ。河川敷に横たわる怪獣。今までのカフカは解体業者としてそれを片付ける側だったが、今は違う。

(そうだ……夢はまだ全然叶ってない。俺はスタートラインに立ったばかりなんだ)

カフカは静かに息を吐き出すと、レノから離れた。

「悪いな市川、もう酔いも醒《さ》めてきた」

「いや、ふらふらじゃないですか」

「心配するな。大丈夫……っとと!」

言われた直後、さっそくカフカは足がもつれて、後頭部から道路へ勢いよく転びそうになる。が、なんとか踏みとどまって上半身を起こした。

「うお、オッサン。今のよく耐えたな! 完全にすっ転んだと思ったぜ」

「ははは〜っ！　イナバウアー並みの仰《の》け反りだったろ！」

どやって言うカフカだが、皆はぽかんとしている。

「なんだ、イナバウアーって？」と伊春。

「……さあ」とレノも首を傾《かし》げる。

「あ、知ってます。フィギュアスケートのやつですよね」とあかり。

「あれ？　皆、なんだその反応……？」

イナバウアーと言えば、カフカの世代では知らない者はほぼいない。しかし、皆の反応を見るにピンときていない人も多いようだ。

保科は腕《うで》を組み、神妙な様子で呟《つぶや》く。

「……カフカ、それはもう十代や二十代前半では知らない子もおるで」

「ええっ⁉」

スマホで調べたキコルは「ふうん」と頷く。

「ずいぶん前ね。私が生まれた頃じゃない」

「生まれた頃⁉」

まだ心持ちは若いカフカだったが、同期の皆とは度々ジェネレーションギャップを感じることがあった。そんなときは無性に悲しくなるのだった。

防衛隊の庁舎前にて、前に立つ保科が皆を見回す。

「ご苦労さん。明日からはいつも通り訓練が始まるからな。そこのオンオフのけじめしっかりつけること。出雲、今日のは交際費で落とすから、明日僕のとこに持ってき」

「ありがとうございました！　お疲れ様です！」

カフカたちは保科に頭を下げる。

「うん。それと、明日からのテレビ取材もよろしくな。ほな」

最後、保科が何気なく発した言葉に隊員たちはぽかんとしてしまう。

「え、ちょ、ちょっと待ってください。……テレビ、ですか？」

聞き返したカフカに、保科は「ん？」と首を傾げた。

「なんや、連絡が行き渡ってないんか？」

「掲示はされていたはずですが……」横にいた小此木が眼鏡を押し上げ、補足した。「公共放送の特集です。駐屯地内に取材班が入り、皆さんに密着します」

「取材期間は今のところ五日間。その間、クルーが敷地内を歩いたり、訓練の様子を見に来たりする。ま、君らはいつも通り普通に朝礼をして、訓練をして、食事を摂《と》って、就寝すればええ。別に気負う必要はない。……ま、一応世間に公表されるもんやからな。とんでもない醜態を晒《さら》した場合には、特別訓練でも受けてもらおうか」

にやりと不敵に笑う保科を見て、一同は身震いした。防衛隊の訓練は苛烈を極め、ふとしたことで追加トレーニングを課されてしまう。

解散となり、自室へ戻りながらカフカは思う。

(しかし、テレビか)

子供の頃は、テレビに映る防衛隊の活躍に胸を躍らせたものだ。しかし、大人になってからは「自分はなぜ向こう側にいないのだろう」という寂寞《せきばく》の思いを抱いていた。そんな自分が防衛隊としてテレビに出られるとすれば、喜ばしいことだ。

「よっしゃ、気合入れてくぞ!」

と一人ガッツポーズをしていると、後ろから声がかかった。

「先輩、ちょっといいですか?」

「ん、市川。どうした?」

皆の前では言い辛《づら》いことでもあるのだろうか。レノとカフカは廊下のベンチに腰《こし》かける。

「……先輩、さっき俺から離れて転びそうになったじゃないですか」

「ああ、それが?」

「ついうっかり、部分変身しそうになってましたよね」

「！」

どきり、とカフカの胸が飛び跳ねる。世間を騒がせている未討伐の怪獣8号——その正体は日比野カフカだ。彼は自らが怪獣に変身できることを隠しており、そのことを知る者はレノとキコルの二人だけだ。

「いや、なんのことだか……」

「な・っ・て・ま・し・た・よ・ね？」

レノの鋭い追及にカフカは目を泳がせる。なんと言って取り繕おうか考えるが、レノの真剣な眼差《まなざ》しを前にして嘘《うそ》は吐《つ》けなかった。

「ま、まあ一瞬な。少し酔ってたし反射的に。でもなんとかなった——」

「あ？　なんとかなった？」

レノは大きく見開いた眼《め》でぎょろりとカフカを睨《にら》みつける。

「ひっ！　い、市川さん……⁉」

「先ほどの副隊長の話を聞いてましたか？　テレビですよ、テレビ。明日から！　万一カメラの前で正体がばれたらどうなるかわかってますか⁉」

「な！　市川、お前、少し俺を舐《な》めすぎだぞ！　俺だって変身訓練はしてるんだ！　よっぽどのことがない限り変身しそうにはならん！」

「酔って変身しかけた人が言っても説得力ないですよ！」

「そうよ、日比野カフカ」

仁王立《におうだ》ちしたキコルがカフカを見つめていた。

「訓練場や市街地とはわけが違うのよ。カメラの前で変身されたら、さすがに私たちでも庇《かば》いきれない。正隊員剝奪《はくだつ》どころじゃない。捕獲されて処理対象よ」

「わ、わかってる！　ここのところの訓練で制御できるようになってきた。前みたいにうっかりクシャミで変身するなんてこともないしな！」

「あんた、うっかりクシャミで変身してたの⁉」

「まあ、成り立てのときは」

へへ……と気恥ずかしそうに頭を搔《か》くカフカを、キコルは心底呆《あき》れた目で見つめていた。

「レノ。こいつ、本当に大丈夫なの？」

「そう信じたい……」

「心配すんな市川！　キコル！」カフカは声を張る。「ようやく正隊員として認められることになったんだ。そんなヘマはしない！」

「…………」

レノとキコルは訝《いぶか》しむように顔を見合わせる。

新米防衛隊員二十七名、そして候補生一人の波乱に満ちた取材が始まろうとしていた。

CHAPTER 1

新人・市川レノ

1

防衛隊員の朝は早い。午前六時、立川《たちかわ》基地営内に起床ラッパの音が響いた。聞こえた瞬間にレノはベッドから半身を起こした。カーテンの隙間からは柔《やわ》い朝日が差し込んでいる。

(……病院じゃない。そうか、防衛隊に戻ってきたんだな)

起床時間は五分以内。レノは布団《ふとん》を素早く畳む。この後は小隊ごとの朝礼があるため、着替えは迅速に行わなければならない。

「うおっしゃ、朝か！」

レノの隣で寝ていた伊春《イハル》が布団から飛び出した。夜中にはいびきを掻《か》いている伊春だが、寝覚めはとびきり良い。

「ここのところ静かだったけど、また騒がしくなりそうだよ」

そう言って苦笑するハルイチは、洗面台の前で髪《かみ》をセットしている。五分では時間が足りず、起床ラッパの前から起きているようだ。

小麦色の肌《はだ》の青年、神楽木葵《かぐらぎアオイ》は自衛隊出身なだけあって、布団の片付けも手慣れたものだ。皺《しわ》一つなくぴっちりと整えている。

同室の隊員たちを見て、レノの中にもふつふつとやる気が芽生えてくる。病室でゆっくりと静養したこの二週間——もちろんそこでも勉強はしていたが——その間にも同期の皆は着実に力を付けたに違いない。その遅れを取り戻さねば。

（それに何より、明日は障害走が控えているんだ）

障害走は前もって保科《ほしな》から通達のあった訓練だ。スーツを着込み、廃墟《はいきょ》を潜《くぐ》り抜けるタイムを競うというもの。入隊したばかりの新人にとって鬼門だと聞いている。

しかしそんな中、未《いま》だ一人起き上がっていない人物がいた。

「……先輩、大丈夫ですか？」

隣のカフカを見ると、半身は起こしているものの未だに布団も畳んでいない。眉間《みけん》に皺を寄せて、頭を押さえて呻《うめ》いている。

「うー、あったま痛《い》ってぇ……」

「なんだオッサン、二日酔いか？」と伊春。

「防衛隊に入ってからは断酒してたからな。……久々に響いた」

「しっかりしてください。今日からテレビの取材もあるんですよ」

「……！　そうだったな。よし、気合入れるぞ」

ベッドから降りるカフカだが、すぐに「うぷっ」とえずいて顔色が悪くなる。

この時点で、レノは嫌な予感がしていた。

（……昨夜、一応あれを用意しておいて良かったかもな）

小隊ごとの朝礼を終えた後は、各自持ち回りの清掃となる。レノはハルイチとともに、男子トイレの清掃を担当していた。

「そういやレノ、カフカとは防衛隊入る前から知り合いなんだよな？」

「ええ。怪獣解体業者のバイトしてたときからの付き合いです」

「だから先輩呼びってわけか。でもなんか紛らわしいよな」

「え？」

「だって昔はともかく、今は防衛隊の同期だろ？」

「……それはそうですけど」

確かにハルイチの言うことは一理ある。年上とはいえカフカは同期であり、ハルイチのように呼び捨てにする者もいる。先輩呼びをしているのはレノくらいのものだ。周りから見れば紛らわしいし、誤解を招くこともあるだろう。しかし、レノはなぜか先輩呼びを止《や》める気にはあまりなれないのだ。

2

食堂で朝食を摂《と》ると、午前の課業が始まる。小隊ごとに行うものもあれば全体で取り組むものもあり、本日は演習場での射撃訓練だ。

各隊員が念入りに銃の確認などをしていると、

「はい、注目」

保科が前の方で声を張った。顔を向ければ、カメラなど機材を構えた人たちが立っている。

総勢六人で若者が多く、ポロシャツやジーンズなどを身に着けたラフな格好だ。

「公共放送の職員さんたちや。君らの訓練を撮影しに来とる」

五十代ほどの朗らかな男が一歩前に出て、頭を下げた。

「ディレクターの大岡《おおおか》です。今日から五日間、皆さんに密着させて頂きます。訓練の邪魔にならないよう努めますし、皆さんもカメラ目線は意識して頂かなくて構いませんので。よろしくお願いいたします」

隊員たちも頭を下げ、挨拶の声が飛ぶ。

カメラマンたちは横にはけると、その場で機材を展開し始めた。防衛隊の入隊試験と同じようにドローンを用意している者もいる。

「座学でもやったが、市民に安心感を与えるのも僕らの仕事の一つや。インタビューなど、できる範囲で協力するようにな」

「了！　頑張ります！」

とカフカが大きな声で答えるも、保科は首を横に振る。

「無理にかっこつける必要もない。先方が撮りたいのはありふれた訓練風景や。向こうもプロやからな。そこは任せたらええ。まずは目の前の訓練に集中せい——特にカフカ」

「……！　うすっ！」

気まずそうに返答するカフカの横で、レノは小銃を持つ手に力を籠める。

（……そうだ。今はまず目の前の訓練に集中だ）

本日午前に行うのは射撃訓練。廃墟から出てくるターゲットを狙撃してそのタイムを競うものだ。シンプルなだけに、実力差がはっきり出る訓練でもある。

トリガーを絞りながら、レノは相模原《さがみはら》の任務を思い出していた。人語を解する識別怪獣、怪獣9号との邂逅《かいこう》——あれから自分の中で何かがはっきりと変わった感覚があった。

（思い出せ、あのときの感覚を！）

怪獣の筋繊維が組み込まれたスーツは、レノの思いに呼応するかのように身体《からだ》を激しく締め付けた。五感を総動員してターゲットの動きを予測する。

(そこ！)

スコープで目標を捉え、脇《わき》を締め、銃を固定し、トリガーを絞る。銃弾がターゲットを破砕する。当たるかどうかは撃った瞬間に感覚でわかる。照準はすぐに次へ。

(……どうだ⁉)

全てのターゲットを破砕するとそのタイム、スーツの最大解放戦力が解析されて届く。さすがに二週間ぶりとあって身体は思うように動かないが、感触は悪くない。

『市川《いちかわ》レノ。タイム2分9秒。推定解放戦力22％』

「………………」

入院前の訓練時よりもタイムは縮み、解放戦力も上がっている。新人隊員の数値としては上位だろう。それでもレノは、素直に喜ぶ気にはなれなかった。

「ようレノ、どうだタイムは？」

「伊春くん」

隣で同じく射撃訓練をやっていた伊春が近づいてくる。手に握っている記録用紙を見れば、伊春のタイムは2分3秒。解放戦力は23％を示している。

「はっ、どうだ。また俺の勝ちだな」

「……どうですか、伊春くん。久々の訓練は」

「ん？　まあ、ちょっと感覚が鈍ってるとは思うぜ」

「俺もそう思います。あのときは、こんなものじゃなかった」

オペレーターから聞いた話では、9号との戦闘中、レノの解放戦力は一時的とはいえ30%を超えていたらしい。あのときのパフォーマンスを今の自分はまるで発揮できていない。

それが素直に喜べない理由だった。

「次はもっと縮める。感覚を取り戻します」

「な、なに？　じゃあ俺もだ！　もっと縮めて俺が勝つ！」伊春はレノへぐいっと顔を寄せた。「いいかレノ。俺はもっと強くなる。負けねーからな！」

「いや、伊春くん。競うのは俺じゃなくて怪獣……」

「だー！　うるせー！　お前にゃ絶対に負けん！」

伊春は叫ぶと、銃を抱え大股で歩いていく。レノはそんな彼の後ろ姿を見て思わず笑う。

伊春もまた9号との闘いの中で何かを摑《つか》み取ったのだろう。

「20%を超えとったか」後ろを振り向けば、保科が立っていた。「二週間のブランクがあってその数値なら大したもんや」

「……まだまだです。皆、さらに記録を伸ばしているでしょうし」

「そやな」と保科は頷《うなず》く。「四ノ宮《しのみや》、出雲《いずも》、神楽木の成長は目覚ましいが、それだけやない。新人だけじゃなく君らの先輩隊員も気合が入っとる。全体がいい感じに仕上がっとる」

と、そのときである。

「どらあああああ────っ！」

遠くから、大きな雄叫《おたけ》びが響いた。それを聞き、保科は息を吐《つ》く。

「ま、一人まるで解放戦力が上昇しない奴《やつ》もおるけどな」

「…………」

保科に聞くまでもなく、それが誰なのかはわかった。

レノが声の方へと近づけば、カフカがキコルに対して大声を張っている。

「先輩、どうしたんですか」

「おお、市川。いいとこに来たな。今の訓練、個人的にかなりいけた感触があったんだ。タイムも縮んで、解放戦力も上昇してるはず！　キコルも見てろよ！　どうだ⁉」

『日比野《ひびの》カフカ──タイム６分35秒。推定解放戦力１％』

「ええええー⁉」

「全然駄目じゃない」

自らの記録にショックを受けるカフカを、キコルは呆《あき》れた目で見つめていた。

「でも先輩……タイムは前より縮んでますね」

「おう！　いいこと言ったぞ市川。見てろキコル、いつかは並んで、いや、超えて――」

「はい。これ今回の私のタイム。1分7秒。推定解放戦力57％」

キコルの提示した記録に、レノは面食らってしまう。この二週間で彼女はさらに記録を伸ばしている。差は離れるばかりだ。

「ちくしょ――――！　もう一回だもう一回！　次こそは解放戦力を2倍にしてやる！」

「たった2％じゃない、それ」

「レノの言う通り、縮んではいるがまだまだやな」

「げ、保科副隊長……！」

カフカは苦々しい表情を浮かべる。

「明日の障害走訓練、そんなんじゃ全然合格できひんぞ。場合によっては……」保科は目を薄く開いた。「より適した部署へ配置換え、ということもあり得るかもな」

「ええ!?　昨日、認めるって言われたばかりですよ！」

「最前線だけが防衛隊の仕事やないからな。オペレーター、調査班、処理班……まあ部署は色々とあるで」

それだけ告げると保科は場を去っていった。

「先輩……保科副隊長、厳しいですね。昨日はようこそ防衛隊へなんて言ってくれたのに」

直近で正隊員として認めると言われただけに、今の言葉は相当堪《こた》えたはずだ。

「いや」とカフカは首を横に振る。「悔しいけど、保科副隊長の言ったとおりだ。俺はようやくスタートラインに立ったばかりだ」

「……！」

カフカは去り行く保科の後ろ姿を見つめ、拳《こぶし》を握りしめている。先ほどまで騒いでいた人物とはまるで別人かのように、その眼差《まなざ》しは真剣だ。

（いや、先輩はいつだって真剣だもんな）

入隊試験のときも、そして今も、カフカは全力だ。レノ自身、カフカのそんな面に心を惹《ひ》かれている。

「狙撃のことなら、少しですが俺もアドバイスできると思います」

「本当か市川！　頼む！」

「それじゃあレノ、あなたへのアドバイスは私がしてあげる」

こちらを見て「ふふん」と笑うキコルに、レノは頷き返した。

「……ああ、お願いする」

素直に頷くその反応に、キコルは意外だという風に目を丸くする。強くなるためならなんだってやる――そんな思いがレノに芽生え始めていた。恥も外聞もかなぐり捨ててやる。

そのとき、テレビの取材班たちが寄ってきた。ディレクターの男が柔和な笑みを浮かべながら前に立つ。

「訓練中にすみません。そちらの三人、少しよろしいですか?」

「……ええ、大丈夫ですけど」

レノが答えると、カメラはくるりとキコルの方を向いた。

「ありがとうございます! それでは四ノ宮さん、是非お話を伺わせてください」

「はい、お願いいたします」

先ほどレノたちと話していたときとは一変し、凛々《りり》しい表情でキコルが答える。

カフカとレノは、インタビュアーから距離を取った。

「キコル目当てか」

「まあ、飛び級の首席合格者ですしね」

質問に対し、キコルはてきぱきとそつなく答えていく。

「はい、ありがとうございました」

インタビューが終わると、キコルが踵《きびす》を返してやって来た。金色の髪がはらりと靡《なび》く。その顔は自信に満ち溢《あふ》れていた。

「さすが手慣れてますね、四ノ宮は」

「……だな。でもキコル、お前なんか猫被《かぶ》ってなかったか？」

訝《いぶか》しむカフカに、彼女はけろりとした顔で答える。

「外面《そとづら》を用意するのなんて普通よ。取材なんて、大学にいたときも散々されたし」

レノも、テレビでインタビューに答える彼女を見た記憶がある。史上最大の逸材などと謳《うた》われていたが、それが誇張ではないことが改めてわかってきた。

「まあ、私ともなればこんなものよ」

ふふんとキコルは得意げに鼻を鳴らす。

そうしている間に取材班はレノへと近寄ってきた。

「続いてお話をお伺いしても？」

「あ……は、はい」

まさか自らがインタビューを受けるとは思わず、レノは少しだけ動揺する。

「お名前と所属を教えて頂けますか？」

「レノです。市川レノ。今年度から第３部隊に配属されました」

「ああ、あなたが市川さん……。初陣で重傷を負い、ようやく任務に復帰できたとお聞きしています。初任務のご感想など、お聞かせ願えますか？」

「…………」

どう告げようかレノは少しだけ逡巡《しゅんじゅん》したが、

「不甲斐《ふがい》ない、と思いました」

自身の気持ちを率直に吐き出すことにした。外面を作ることなど慣れていない。

「必死で、全力をかけて怪獣に向かいました。それでも俺の攻撃は届かなかった」

「市川さんは多数の余獣《よじゅう》を討伐したともお聞きしていますが……」

「それだけでは、駄目なんです」

あの程度の強さで満足なんてできるはずがない。レノの目標はずっと先にある。

「俺はもっと強くなりたいんです。大切な人を守れるように」

「なるほど、素晴らしい目標ですね。ありがとうございました」

インタビューを終え、レノはふうっと息を吐き出す。

そんなレノを、カフカが離れたところから不満そうに見つめていた。

「先輩、どうしたんですか？」

何かカフカの気に障るようなことを口走っていただろうか。

「市川、別に不甲斐ないなんてことないだろ。お前は初陣で十分な成果を出してただろ?」

「……違うんですよ先輩。俺が成し遂げたかったのは——」

決死の攻撃が怪獣9号に届かず、その自分を助けてくれたのは——。

「すみません。お話を伺ってもよろしいでしょうか?」

「え。お、俺ですか?」

いきなりディレクターから水を向けられたカフカは、思わず自分の顔を指さす。

「俺ですかって、あんた以外に誰がいんのよ」とキコル。

「テレビのインタビューなんて初めてだぞ。緊張するな」

ごほごほとカフカは何度か咳払《せきばら》いする。

「それでは……新人隊員たちにとって初陣となった相模原討伐作戦。先輩隊員として後輩たちの動きはどうでしたか?」

「そうですね、先輩としては——って、え?」

カフカはぽかんと呆《ほう》けた後、自分を指さす。

「せ、先輩って俺っすか?」

「は、はい」ディレクターは目をしばたたかせる。「経験ある隊員の目から、後輩である四ノ宮隊員や市川隊員はどう見えたかご意見を伺いたい……と思いまして」

「ぷっ」

横のキコルは口元を押さえて、身体を震わせている。

「言われてるわよ、先輩隊員さん」

「うぐぐぐぐ……！」

「あ、あの！」レノは思わず口を挟む。「先輩、というのは別に先輩隊員ってことじゃないんです！　俺が個人的に使ってる呼称でして。この人は俺たちの同期で――」

どうやら呼称が誤解を招いてしまったらしい。レノは勘違いを正すため、カフカを先輩と呼んでいる経緯を簡単に説明した。

ディレクターはカフカの顔を眺めて声を出した。

「ああ！　それではあなたが防衛隊新人としては最高齢の、日比野さん？」

「最高齢て。いや、そうなんだけど！　なんかオジサンって言われてるみたいだな……」

「前も言ったけどオジサンでしょ？」キコルは冷めた目で言う。

「年齢はオジサンかもしれないが、気持ち的には俺はまだまだ……！」

「自分をオジサンと認めないオジサンほど見苦しいものはないわよ」

「ぐはっ！」

キコルの言葉が突き刺さっているカフカに、ディレクターが苦笑いしてマイクを向ける。

「日比野隊員、インタビューよろしいですか」

「あ、はい……！」


「はい、どうも。訓練中にすみませんでした」

「こ、こちらこそ。ありがとうございました！」

カフカとディレクターは互いに頭を下げる。

「話してる内容、大丈夫だったかな」

慣れないインタビューに、カフカは頬《ほお》をぽりぽりと掻いている。

「そうね。緊張してえっとを多用しすぎ。カットされるか使われないわよ」

「お前ほど慣れっこじゃないんだよ！」

「……いや、でも少し安心しました」

レノは胸を撫《な》で下ろす。二日酔いやら緊張やらで、部分変身してぼろを出すのではないかとひやひやしていた。調子も多少は戻ったようで、杞憂《きゆう》だったらしい。

そこで、ディレクターが何かを思い出したようにぽんと手のひらを叩《たた》く。

「そうでした。巷《ちまた》を騒がせている怪獣8号について、皆さんのご意見をお聞きしても？」

「！」

怪獣8号――その言葉に三人の表情が一気に強張《こわば》る。

（おい、8号についてだってよ！）

（こんなことで動揺してるんじゃないわよ！）

（先輩、四ノ宮。俺から話します）

レノはわざとらしく咳払いをして、話を始める。

「8号については、情報管制の点から公表している以上のことはお話しできないんです。すみません。ただ、防衛隊員としてはいち早く発見して、市民の安全を――」

そのとき、レノの横に立つカフカが「ふわっ……」と口を大きく開いた。

「ふ、は、は……ぶはくしゅっ！」

カフカがクシャミを出したのと同時である。

その頭部に、二本の長い角がにょきりと生えた。

「あ⁉」とレノが叫ぶ。

「は⁉」とキコルが目を瞠《みは》る。

「え⁉」ディレクターが困惑する。

「やべっ！」カフカが慌てて頭を押さえる。

「おら―――っ！」

戦力解放――次の瞬間、レノは大声を出してカフカを蹴り飛ばした。

「うげっ！」

スーツを着込んだレノの蹴りによる一撃。蹴られたカフカは凄《すさ》まじい勢いで吹き飛び、近くの瓦礫《がれき》へ頭から突っ込んだ。

ディレクターは何が起こったのかよくわかっていないようで、目をこすっている。

「そ、その……気のせいかな。日比野さんに角が生えていたような……」

「気のせいよ、気のせい！」

キコルが瓦礫に埋まっているカフカを無理やり引っ張り出した。土塗《まみ》れになったカフカをぐいっとカメラの前へと突き出す。頭部の角は既に無くなっている。

「ほら、どこからどう見てもただの冴《さ》えないオジサンでしょ！」

「ど、どーも。冴えないオ……オジサンです！」

「なんでちょっと未練がましそうなのよ！」

インタビューには平然と答えていたキコルだが、今はだらだらと汗を掻いていた。

(ちょっとあんた、本当に何やってんのよ！　わかってる？　正体が怪獣8号ってばれたら処分されるわよ⁉)

(す、すまん。緊張してたからクシャミのはずみでつい……)

（クシャミのはずみでつい変身するな！）

ディレクターは顔を顰《しか》め、近くにいたカメラマンを呼び止める。

「おい……さっきカメラ回してたか？」

カメラマンは首を横に振るが、ディレクターはなおも怪しんでいる様子だ。

「ひょっとして、見たのってこれですか？」

レノの声が一同の注目を集める。その顔はおどろおどろしい髑髏《どくろ》の面——怪獣8号へ変貌していた。ぎょっとしている一同の前で、レノは顔を覆う紙の面をぺらっと外す。

「レノ、それって」とキコル。

「ああ、防衛隊が出した注意喚起の張り紙だよ」

怪獣8号は防衛隊発足以来初の未討伐事件。目撃者の証言からイメージ像が作成され、テレビはもちろんのこと、街には注意喚起の張り紙までされている。

「先輩がクシャミの際にそれを引っ張り出しちゃって、見間違えたんじゃないですか？」

「見間違え？　そ、そうかな？　うーん……」

ディレクターは一人首を傾《かし》げながら、次の取材のため引き上げていった。

安堵《あんど》のため息を吐くレノの背中を、カフカが叩く。

「ナイス市川！　いつの間にそんなもの作ったんだ！」

「カメラが入ると聞いて昨夜急いで用意したんですよ。ってか、ナイスじゃないですよ！

これがなかったらどう誤魔化すつもりだったんですか！」

「ま、まあなんとか気迫で……？」

「押し切れるか！」

「日比野カフカ、もう少し自覚持ちなさいよ。防衛隊の中に識別怪獣が紛れ込んでいたなんて、発覚すれば大問題になるわよ」

「……！　わ、悪い。大丈夫だ！」カフカはぐっと親指を立てる。「もう油断はしない。どんなことがあっても変身はしないから安心してくれ！」

自信満々なカフカを前にして、キコルとレノは二人して顔を見合わせた。

「なんか露骨にフラグが立った気がするんだけど？」

「……俺もそんな予感がしてきた」

明日の障害走が果たして無事に終わるかどうか、レノは不安で仕方がなかった。

3

夜中、レノはふと目を覚ました。隣はカフカのベッドだが、そこはもぬけの殻だ。

（……先輩がいない？）

トイレにでも行ったのかと思ったが、嫌な予感がしてきた。カフカは相模原で、怪獣8号へ変身した状態で保科と相対している。保科は相当な切れ者だ。もし昼間の一件が保科の耳に入っていたとしたら。

（まさか、連行されたなんてことはないだろうけど……）

隣でいびきを掻いている伊春を起こさないよう、レノは忍び足で部屋を出た。真っ暗な廊下の突き当たりの部屋、扉の隙間から明かりが漏れ出ていることに気づいた。確かあそこは資料室だ。隙間から中をこっそりと覗《のぞ》き見し、レノは扉を開ける。

「……先輩、何やってるんですか」

「うお、市川！」

カフカがびくっとして振り向く。椅子に座る彼の前には何冊もの本、そしてノートパソコンが置かれていた。画面にはどこか市街地の映像が流れている。

「もう消灯時間は過ぎてますよ。……勉強してたんですか？」

課業が終わった後に、部屋で勉強をする隊員は多い。カフカもその一人だ。だが、消灯後までやっているとは知らなかった。

「ああ。……実は前から。正隊員になるためにな」

「なったじゃないですか。明日は障害走があるし、早く寝た方がいいですよ」

「いや、やっぱり今のままじゃ皆に置いてかれちまう。この勉強も癖になっちまったし」

「……寝不足からうっかり部分変身したりしないでしょうね」

「ぐっ、それを言われると弱い……！　実際、三十超えると身体にがつんと来るからな。徹夜もめっきりできなくなったし」

「それならなおさら寝てくださいよ」

「寝たいんだけどさ、でも今……楽しいんだよ」

カフカの口をついたその言葉に、レノは目を丸くする。

「楽しい、ですか？」

「ああ。解体業者やってた頃は、くたくたになって帰って、テレビ点《つ》けて、しこたま酒飲むような生活してたからな。だから今、若い優秀な奴らに囲まれて、勉強できるこの環境が楽しいんだ。いやまあ、身体には堪えるけどな」カフカはレノを見て笑った。「だから、市川には感謝してるんだよ」

感謝している――その言葉を聞いて、レノの胸中に湧き上がる思いがあった。

「違いますよ先輩。感謝してるのは――」

そのとき、パソコンから大きな音が鳴った。炎上している市街地の映像が流れている。

画質は粗くノイズも走っているため、かなり古い時代に撮られたものとわかる。

「先輩、この映像って……」

「ああ、そこの棚から引っ張り出してきた。一九七二年のだな」

「ってことは……」

「ああ、怪獣2号だ」

一九七二年──アジア圏では初となる冬季オリンピックが札幌《さっぽろ》で開催された。それは大成功を収めたが、その喜ばしい記録はある大災害で上塗りされる。後に怪獣2号と呼ばれる大怪獣が襲来し、札幌は壊滅寸前へと追い込まれたのだ。

「大怪獣の解体の経験は少ないから、勉強しておこうと思ってな」

炎上するビルの向こうに、怪獣2号と思わしき巨影が見えた。怪獣が大きく吠《ほ》えると、衝撃波が迸《ほとばし》った。周囲一帯の建物のガラスが割れ、屋根が剝《は》がれ、人が吹き飛んでいく。画面が目まぐるしく揺れた。撮影者もまた吹き飛ばされたのだろう。画面は横倒しになり、それっきり映像は動かなくなった。

「……撮影者は」

レノの問いに、カフカは静かに首を横に振る。

「後からカメラだけが拾われたらしい。2号の映像をカメラに収めた貴重な資料だってさ」

「今でこそドローンが使えますけど、当時は無理ですもんね」

映像の最後に、撮影日と拾われた場所、そして撮影者の名前のテロップが入った。後から防衛隊が挿入したものだろう。カフカはソフトを取り出し、パソコンを閉じた。

「さて、さすがに俺ももう寝るか。悪かったな、心配かけて」

「いえ……身体に気を付けてくださいよ。それと先輩」

「ん?」

「明日の障害走、頑張りましょうね」

レノは拳を突き出す。

カフカはにかっと笑ってその拳を小突いた。

「おう!」

4

午前は座学、昼食を挟み、午後課業は十三時から始まる。レノたち防衛隊の今年の新人正隊員二十七名、そしてカフカは、都市型演習場の入口付近に集まっていた。

前には副隊長である保科、オペレーターの小此木《おこのぎ》、小隊長たちが並んでいる。取材班も揃《そろ》っており、壁際でカメラを搭載したドローンなど機材の準備をしていた。

「それでは、本日は障害走を行う」保科が一同を見回しながら言う。「君らが四月頭に防衛隊に入ってから約二か月。訓練に対してもこなれてきた感じがある。この訓練はそんな君らにとっては一つの節目――あるいは洗礼とも言えるかもしれん」

保科が薄目を開いて微笑《ほほえ》んだ。先輩隊員たちからレノも聞いたことがある。この障害走はかなり厳しく、クリアできない隊員もいるという。

「エリアのマップは配布されとるな」

レノたちは専用端末で宙にマップを投影する。この地点をスタートとして廃墟を一周するコースが表示されている。

「やってもらうことはシンプルや。この廃墟の中、二人一組のペアになりマップに記してあるルートを走ってもらう。各組ごとに用意された十個のターゲットを破壊、かつコースを踏破して制限時間内にここまで帰投する。それが目標や。プラス、これや」

シートの上にはずらりと背嚢《はいのう》が並んでいた。どれもパッツパッツに膨らんでいる。

「支援物資が入っとる。君らにはこれを背負って訓練に臨んでもらう」

荷物の大きさに、隊員たちの間にもざわめきが起こった。

「座学でも学んだはずや。補給路を断たれて、山中でサバイバルをしながら怪獣の討伐を果たしたという事例もあるからな」

陸自出身の葵は、いつも以上に険しい表情を浮かべている。

「陸自のレンジャー訓練に近いものだな。このコースでやるとなればさらに酷か」

入隊前の体力試験では一位だった葵をして、酷だと言わしめる訓練。隊員たちの緊張はさらに増していく。レノもごくりと生唾《なまつば》を飲み込んだ。

二人一組が指定される。レノの相方はカフカだ。

「先輩、お願いします。体調とかどうですか？」

カフカが親指を立てて答える。

「ばっちりだ。どんなコースでもいけるぜ」

二人は前に呼ばれ、銃と背嚢を受け取る。

「さて、最初はどの組が行く？」

保科が一同を見回す。

「それじゃあ、一番手は私たちね」

飄々《ひょうひょう》と手を挙げたのはキコルだ。スーツを着込んだ彼女は軽々と背嚢を背負う。ペアを組んでいるあかりは、不安げな表情だ。

「ええ、きこるん⁉　大丈夫かな……」

「大丈夫よ、あかり。きっと最初が一番楽だから」

保科による開始の合図とともに二人はスタートした。キコルが先導する形となる。新人の中では最も高い解放戦力の彼女は、軽い身のこなしで屋根の上を飛んでいく。

「よし、ドローンを飛ばせ。隊員たちの姿をしっかりカメラに収めるんだぞ」

それと同時に取材班のドローンも後を追っていく。用意できる機体数では全ての組を追いきれない。取材班はキコルたちに注目しているようだった。

「お前がもたついている間に先をこされたぞ、ハルイチ」

「ちょうど行こうと思ってたとこだよ、葵」

ハルイチと葵、キコルに次ぐ高い解放戦力を有する二人が次に飛び出していく。

「キコルには負けてられん。よっしゃ、行くぞ市川!」

「はい！　……って、先輩大丈夫ですか？」

背嚢を背負うカフカの足取りはおぼつかない。

「たった1%、されど1%だ。スーツで筋力を補助してるからな！　……っとと！」

「…………」

確かに重い荷物を背負っても、普通に動くことはできるようだ。しかし果たしてこの状態でコースを制限時間内に進むことが可能だろうか。

風に乗り、離れている取材班の声が聞こえてきた。

「よし、日比野隊員を追うぞ」

ディレクターの言葉に、ドローンを用意しているスタッフが答える。

「あの人ですか？　僕は別の組を追いたいですけど……」

「こういうときは色々な絵面を撮っておくんだ。メインは四ノ宮隊員や出雲隊員の組。後はサブで日比野隊員の組だ。齢《よわい》三十を超えて入った防衛隊、しかし現実は厳しかった——そんな見せ方もできる」

「……！」

恐らく、取材班に悪意はないのだろう。新人最高齢という点でカフカが注目されるのはわかる。ただ、だからといって陰で軽んじられるのは気分が良くない。

「よっしゃ、準備できた。行くぞ市川、キコルたちに負けてらんないからな！」

「はい！　行きましょう、先輩！　絶対クリアしますよ！」

「おお？　なんか燃えてるな」

かくして、二人の障害走は始まった。走り出すと同時に、後ろを取材班のドローンが追尾してくる。そのカメラレンズを、レノは横目で静かに睨《にら》んだ。

（その向こうで見てろ）

前方に見える崩れたブロック塀を飛び越え、二人は住宅の間を駆け抜ける。投影したマップから音が鳴る。レノの前方にターゲットの表示が出た。

マップの指示通り、一軒家の屋上にターゲットが立っている。レノは走りながら銃を構えてスコープを覗く。トリガーを絞り、撃つ。感触で見る前に弾が当たるとわかった。的の中央をぶち抜く。

「ナイス市川！」

（……まだだ）

入隊試験のときに見たキコルの銃撃はもっと速かった。もっと正確だった。もっと威力があった。レノは銃を抱き、廃墟を駆け抜ける。

出発してから十五分――レノの眼前に四個目のターゲットが見えてきた。倒れて斜めに傾いた電柱の上に立っている。レノは倒壊した家屋の屋根に乗り、スコープを覗き込んだ。照準を合わせ、トリガーを絞る。放たれた弾丸は標的の中央を撃ち抜いた。

「よし、次行きましょう！」

「…………」

カフカは塀に手を突いていた。ぜぇぜぇと息が荒い。

「先輩、大丈夫ですか⁉」

「お、おう！　余裕だ……っ！」

カフカはぐっと親指を立てるが、明らかに無理をしているとわかった。解放戦力20％を超えるレノでさえ、背嚢が重荷となっている。ましてや1％のカフカでは巌《いわお》を背負っているように感じているはずだ。

「おいレノ！　オッサンも！　先行くからな！」

伊春が大声を出し、パートナーとともに屋根の上を飛んでいく。二人とも目まぐるしいスピードだ。遅れて出発してきた組が、次々とレノたちを追い抜いていく。

レノはようやく六個目のターゲットを壊す。カフカの動きは鈍り、歩くので精いっぱいといった様相だ。それを上空のドローンがじっと撮影していた。

「……悪いな市川」

「謝るようなことはされてないですよ。さ、行きましょう」

「お前まで最後尾になっちまってる。お前の解放戦力なら先にゴールできているはずなのに。俺のせいでだ。だから──」

「……先に行ってくれってのは、なしですからね」レノはカフカと肩《かた》を組んだ。「先輩を置いていくくらいなら、ここでリタイアしますよ」

レノはそんなことしてまでゴールするつもりなど毛頭なかった。それは理想とする防衛隊員像からかけ離れている。

面食らったような表情を浮かべていたカフカだが、にかっと笑った。

「……ああ、わかってるさ。お前はそういう奴だもんな。現状、俺のせいで遅れちまってる。でも俺は諦めが悪いから——最後まで付いてきてくれないか？　そう、言おうとしたんだ」

「もちろんです！　この訓練、一人でもできる障害走をわざわざ二人で組ませてるってことは、助け合えってことですから」

「ああ、頼む。……こちとら三十二歳にもなって防衛隊を目指したんだ。これくらいで折れるかよ！」

カフカは歯を食いしばり、無理やりにでも歩こうとする。二人は着実に目標を制覇していく。だが、ゴール寸前である八個目のターゲットで事件は起こった。

「……駄目ですね。完全に道が塞がってます」

用意されたマップでは、細道を通り抜けるよう指示されている。だが実際、目の前には大きなマンションが横たわっている有様だ。道が完全に潰れている。

「マップには書いてないし、アクシデントですね。先輩、副隊長に問い合わせてみましょうか。迂回《うかい》できるかどうか聞いてみます」

だが、カフカはじっと目の前の道を見つめ、意外な返答をした。

「いや、市川。もしかしてこれ、副隊長の思惑通りかもしれないぞ」

「え？」

予期せぬカフカの言葉に、レノは手を止める。

「ここは廃墟だ。だとすればこのコース、崩れることが前提なんじゃないか？　先行した組によって状況が変動するとか」

「……！　いや、あり得る話ですね」

カフカの言うことは一理ある。相模原もそうだったが、実戦であれば市街地は怪獣の被害を受け、刻一刻と変貌していく。必ずしも与えられた情報が正しいとは限らない。今回の訓練でマップが有効に機能するのは、最初の一組だけだったというわけだ。

「四ノ宮は恐らくこれを見抜いてましたね。……しかし、どうしますか」

「市川、お前一人ならこの高さは飛べるんじゃないか？　さすがに俺と荷物を抱えては無理だろうが——」

「……！　さっき言いましたよね。確かに一人なら越せるけど、俺は先輩と——」

「俺だって諦めるつもりはない。これを使う」

カフカが背嚢から取り出したのは山登りなどに用いるザイルだ。

「それって……」

「出発前に中身を確認しておいたんだ。この背嚢はただの重石《おもし》じゃない。支援物資に、サバイバルに使える道具なんかも入ってた。市川、上まで持っていってくれるか」

こんな困難に直面しておきながらもカフカは諦めようとしない。そして自分の力でこれを乗り越えようとしていた。

「はい。持っていきます」

レノはザイルの端を手にして、助走をつけて走り出す。大きく跳ね、壁を蹴り伝ってマンションの上へと登る。

「……！」

レノの左腿《ひだりもも》に、ずきりと鈍い痛みが走った。怪獣９号により肉が抉《えぐ》られた箇所――まだ完治はしていない。それを顔には出さないよう努め、ザイルを結んだ。

「先輩、オッケーです！」

「よっしゃ、行くぞ。ぐ、ぎぎぎぎぎ……！」

ザイルを引っ張り、カフカは垂直な壁面を登ってきた。歯を食いしばり、必死の形相を浮かべている。歩みは遅々として進まない。しかし確実に一歩ずつ近づいている。

だがあと少し――というところでカフカの足が滑った。

「……うおっ！」

「先輩っ！」

レノは壁から身を乗り出し、その腕《うで》を摑んだ。身体中に力を籠め、カフカを上まで強引に引っ張り上げる。

「あ、危ねー！　助かった……」

「時間がないです。行きましょう」

その後、第九チェックポイントも通過し、残すは最終ターゲットのみ。背嚢を背負ったカフカはもはやぼろぼろで、滝のような汗を流している。

「先輩、限界なら持ちますよ」

「な、なんてことない。これくらい！」

「膝《ひざ》、笑ってます」

がくがくと震える膝を、カフカは拳で無理やり叩きつけた。

「ほら、収まった」

「でも……」

「市川、お前だって足が疼《うず》いてるんだろ」

「……気づいてたんですか」

平静を装うように歩いていたつもりだが——。

「悪いな、本来なら俺がお前を支えるべきはずなのに迷惑かけちまって」

「いえ、支えられてるのは俺の方ですよ」

「え？」

「変身、使いませんでしたね」

「……使えるかよ、頑張ってるお前らの横で」

まだ出会って一年にも満たないが、カフカは本当に変わった人だと思う。この訓練だって、本来ならば簡単なのだ。怪獣8号になれば身体能力は飛躍的に上昇する。部分変身するだけで、いとも容易《たやす》く突破できる。だが彼はそれをしない。自らの正体を——力を隠している。

「普段はクシャミとかで変身しそうになるのにな……」

「ん、なんか言ったか？」

「なんでもないですよ」

苦労して、それでもなお諦めず、真《ま》っ直《す》ぐ目標に向かっている。そんなカフカ——先輩に一体何度、支えられてきたことだろうか。だからこそたとえ同期という関係になっても、カフカはレノにとっての先輩だった。

(この人をこれ以上、変身させるわけにはいかない。そのためにも、俺は——)

正面に見えた最後のターゲットを、レノが撃ち抜く。

(もっと、強くならなきゃならないんだ)

開始地点が見えてきた。そこでは保科、そして先行した他の隊員たちが待っている。序盤で出発したにもかかわらず、最下位となってしまった。ゴールへと辿《たど》り着くと、カフカとレノは並んで保科へ敬礼する。

「日比野カフカ、帰還しました!」

「市川レノ、帰還しました!」

時計を見ていた保科は二人の顔を見て頷いた。

「両名の帰還を確認。これにて訓練を終了する」

その言葉を聞き届けた直後に、カフカは地面に大の字になって倒れ込んだ。既に体力は限界を迎えていたのだろう。レノもまた足が痛み、地面に蹲《うずくま》る。

「本来の想定は三十分以内に踏破やったけどな」保科は電子タブレットを覗き込む。「神楽木らのペアは十五分で踏破しとる」

「でも、俺たちは状況が変動した最高難易度で踏破しましたよ!」

「ああ、それなんやけどな。僕らもさすがに想定外やった」

「は？」「え？」

ぽかんと口を開けるカフカとレノを前にして、保科は顎《あご》をさする。

「コースが多少崩れることはあると思ってたが、あそこまでとはな。先行した四ノ宮の奴がちと暴れすぎたな」

「ってことは、つまり……」

レノの問いかけに、保科がこくりと頷く。

「あの時点で連絡をくれれば、こっちから違うコースへ誘導したで」

「だあああ、ちくしょーうっ！」カフカは頭を抱えて叫んだ。「結局、俺がやったのは無駄骨だったってことか！　悪い市川、お前まで巻き込んじまった！」

レノはそんなカフカの様子を見て、ふっと笑う。

「大丈夫ですよ、先輩」

「え？」

「確かに困難な道のりだったけど……決して無駄じゃない。目標へ近づくために必要な道だったと思います。俺はそう信じてます」

レノは足を押さえながら立ち上がる。崩れ落ち廃墟と化した街並み。しかし見上げれば、そこには嘘《うそ》みたいに蒼穹《そうきゆう》が広がっていた。

隊員たちは演習場から帰っていく。保科もまた帰る準備をしていると、後ろから足音がした。振り返れば、立っていたのは濡《ぬ》れ羽色の髪を一つ結びにした長軀《ちょうく》の凜々しい女性――第3部隊隊長の亜白《あしろ》ミナだ。

「亜白隊長。仕事の方はもういいんですか?」

「ああ、一区切りついた。どうだった、今年の隊員たちは?」

「相模原の一件以来、誰も彼も目に見えて気合が入っとりますね。こっからどんどん伸びると思いますわ。特に市川レノ。復帰明けにもかかわらず、ええ動きをしとりました。相模原で何かを摑んだみたいですね」

亜白は、保科の手にするタブレットを覗き込む。

「……彼とペアを組んだ日比野カフカは?」

「きついですね」ばっさりと保科は口にした。「市川が全面的にバックアップしてなかったら、最初の方で躓《つまず》いてたでしょう。未だに解放戦力は1%やし」

「――そうか」

「ただまあ、根性は認めてやってもいいと思います」

カフカを褒める保科の言葉に、亜白はわずかに目を見開く。

「取材班も、当初は脱落するよう思ってたみたいです。それを覆したのは市川の支援、そして日比野自身の執念でしょう。いいコンビですよ」

「ご機嫌そうだな」

「僕としても、部下が舐《な》められるのはあまり気持ちいいもんではないですから。……さて、僕はこれにて。この後は、講義室で今回の振り返りがあるので」

保科は隊員たちの後を追って歩き出した。見れば前の方では、カフカやキコル、そしてレノがぎゃあぎゃあと何か叫び合っている。

「まったく、騒がしい奴らやで」

CHAPTER 2

新人・四ノ宮キコル

1

それはまだ障害走が終わる前のこと。テレビ取材一日目――射撃訓練場にてキコルはインタビューを受けていた。一緒にいたカフカとレノの二人が横へはけていく。

ディレクターの男が朗らかな笑みを浮かべ、マイクを向けた。

「第3部隊に着任してからもう二か月以上ですが、相模原《さがみはら》での初任務はどうでしたか？」

キコルは思案し、普段とは異なる改まった口調で受け答えする。

「……そうですね。まず、被災した方々、そのご家族の方にはお見舞い申し上げます。怪獣大国日本《にほん》と呼ばれるだけはある、と思いました。怪獣、余獣《よじゅう》ともに大規模で、訓練とは違うということも改めてわかり、自身の課題も見えてきたかな……と」

「四ノ宮《しのみや》さんの課題ですか？　初陣では大活躍だったとお聞きしましたが……」

「討伐したのはあくまで余獣だけですから。もちろん余獣だって十分脅威ですが」

「なるほど。自分自身に満足することがない。志が高いのですね」ディレクターはふんふんと頷《うなず》いている。「注目している隊員の方はいますか？」

「……注目、ですか」

その言葉を聞いてすぐに頭に思い浮かんだのは、日比野《ひびの》カフカの顔だった。

「ぶえっくしょい！」

後ろからカフカの大きなクシャミ、そして鼻を啜《すす》る音が聞こえてきた。

「うー、市川《いちかわ》。ティッシュあるか？」

などと間の抜けた顔で言っている。

（何やってんのよ、あいつ……）

「四ノ宮さん？」

「いえ、失礼しました」キコルは一つ咳払《せきばら》いを入れる。「やはり亜白《あしろ》ミナ隊長です。戦闘力の高さは隊の中でも頭一つ抜けている。相模原では特にそれを実感しました。超大型怪獣に一撃で大きな風穴を開ける——まだ私にはできない芸当ですから。精進します」

「なるほど……。そうですね、今後の意気込みなどあれば是非お願いします」

「近年の大型怪獣の出現に、不安を覚える市民の方も多いと思います。防衛隊の一員として、怪獣は私が討伐します。一体も逃がしません」

「立派で、頼もしいお答えですね……！　ありがとうございます！」

キコルはくるりと踵《きびす》を返し、固く誓う。

自らの前に現れたあの人型怪獣——怪獣9号も打ち倒してみせる。

2

取材二日目――障害走とその振り返りを行い、午後の課業が終わった。この後は夕食や入浴を挟み、消灯までは原則として自由時間が与えられる。外出する者、部屋で勉強する者、駄弁《だべ》る者、テレビを見る者、トレーニングに励む者、と時間の使い道は様々だ。

基地内にはジムが備わっており、最新鋭の設備や機器が揃《そろ》っている。既に窓の外は陽《ひ》が落ちているにもかかわらず、多くの隊員たちで混み合っていた。

「ふッ！」

チェストプレスでのトレーニングを終えたキコルは、滴り落ちる汗をタオルで拭う。

（今日はこのくらいにしておこうかしら……）

一見すればキコルは細身の少女のように見える。だが、その全身は鍛えられた筋肉で覆われている。陸自出身の葵《アオイ》のような筋骨隆々とした肉体とはまた種類が違う。一切の無駄を排除した、流れるような精錬された肢体だ。

ジムを出ようとしたところで、一角が騒がしいことに気づく。

「どおらあああ――――っ！」

雄叫《おたけ》びを上げているのはベンチプレスをしているカフカだ。

その傍らでは、ダンベルを持った伊春《イハル》が声を上げている。

「お、いける！　いけるぞオッサン！」

「先輩、あんまり無理しない方がいいですって！」

「明らかにオーバーワークだ。効率的でないぞ」

周りではレノと葵もその様子を見つめていた。

「ったく、何やってんだか……」

新人では最年少のキコルだが、なんだか時折、男子がとても幼く見えることがあった。

特にカフカとは一回り以上も歳《とし》が離れているのに、である。風呂で会話が白熱しすぎてのぼせたり、食べる量を競っていたり、すぐに何かと張り合うし——。

(男子って、何歳になってもあの調子なわけ？)

ジムの端には取材班がおり、カフカたち新人のトレーニングを撮影していた。

(……また怪獣8号になったりしないわよね)

昨日、カフカがカメラの前で変身しかけたことを思い出す。近くにレノもいるし、さすがに大丈夫だとは思うのだが。

シャワーを浴びて部屋へと戻ろうと考えていると、首筋《くびすじ》にひんやりとしたものが当たる。

「きゃっ！　な、なに⁉」

思わず飛び退《の》いて後ろを振り向き、キコルはほっとする。

「なんだ、あかりとハクアか……」

立っていたのは同期の女子隊員、水無瀬《みなせ》あかりと五十嵐《いがらし》ハクアだ。あかりは面倒見が良いタイプで、何かとこちらを気にかけてくれる。ハクアは男子に負けず劣らずの大柄な体格の姉御《あねご》肌《はだ》。同期女子隊員の中で、特にキコルと気の合う二人である。

あかりは、スポーツドリンクを手にしている。

「きこるん、お疲れ。一本どう？」

「ありがと。いただくわ」

「どうしたんだよ、眉間《みけん》に皺《しわ》なんて寄せて」とハクア。

「別に大したことじゃないんだけれど……」

ジムの方でまたカフカたちの歓声が上がった。

「あいつらよ。ほら、まだ騒いでる」

「日比野さんたち？」

「そ。ったく、あいつったら昨日も酷《ひど》かったのよ。インタビューもぼろぼろで……。私がフォロー入れなきゃ本当に目も当てられなかったんだから」

キコルが熱弁していると、あかりは口元に手を当ててくすくすと笑い出した。

「……？　なに、どうしたの？」

「きこるん、最近よく日比野さんのことを話すなあって」

「…………」

言葉の意味を後れて理解し——キコルは顔が熱くなる。

「は、はぁ⁉　な、なによそれっ！」

「ああ、確かに」隣のハクアも頷く。「それになんか、話すときもやけに楽しそーだしな」

「ハクアまで何を言って！　いや、そんなわけ——」

反論しようとするも思い当たる節が多々あった。昨日といい、最近よくカフカのことが頭を過《よぎ》る気がする。どうしてこんなに、あいつのことを考えているのだろうか。

「お、ここにおったか」

関西弁が後ろから聞こえた。振り向けば保科《ほしな》が立っていた。

「保科副隊長、なんでしょうか？」

「いや、ちょっと話したいことがあってな。ときに四ノ宮、剣術の心得はあるか？」

「剣術？」質問の意図を理解しかね、キコルは首を傾《かし》げる。「副隊長ならもうご存知かと思いますが。武芸十八般——弓術に馬術、剣術と一通りは学んでいます」

「ま、一応確認をな。そや。明日の午前の訓練やけど、休んでオペレーションルームまで来てくれるか？　ちょいと用がある」

「それは、構いませんけれど――」

「そや。四ノ宮、蟹《かに》好きか？」

「え？」唐突な質問にキコルは首を傾げる。「……急になんの話ですか？」

「アレルギーは大丈夫か？　甲殻類なんて持ってる人も多いやろ？」

「好物ですし、アレルギーもありませんけど」

「そら、良かった。ほな、よろしく頼むで」

それだけ伝えると、保科は去っていった。

「なに？　最後の質問……」

「課業を休んでまで呼び出しなんて。きこるん、表彰でもされるのかな？」

「蟹でも奢《おご》ってくれるんじゃねーか？」

楽観視しているあかりとハクアだが、キコルは内心焦りを感じていた。

相模原の任務で、保科は怪獣8号と相対している。保科の観察眼や鋭さからして、何か別の情報を摑《つか》んでいてもおかしくはない。

（まさか、日比野カフカについて訊《き》かれるんじゃ――）

キコルはまたもや思いを巡らせていることに気づく。頭から追い出すように、ぶんぶんと首を横に振った。ジムからはなおもカフカの大声が聞こえてくる。

（ああもう、こんなときだってのになんであんな騒いでるのよ！）

3

翌日の午前、キコルはスーツを着込んでオペレーションルームまでやって来た。カフカの正体を問い詰められたときのため、誤魔化す言い訳もいくつか用意してきた。

ノックすると、中から保科の「入れ」という声が聞こえた。

「四ノ宮キコル、失礼します」

保科だけでなく、隊長の亜白ミナまで揃っている。二人とキコルの間にあるデスクの上には重厚なケースが載っていた。ケースにはケーブルが繋《つな》がり、オペレーターが何かデータチェックをしているようだ。

「四ノ宮、昨日の今日で悪かったな」

「亜白隊長、保科副隊長。これって――」

「まあ楽に聞け。お前にとっても悪い話やない」

悪い話ではない？　ということは怪獣8号関連の話ではないのだろうか。

隊長である亜白は、キコルを見据えて厳かに告げた。

「四ノ宮キコル、お前に専用武器を支給する」

「私の専用武器⁉」

まるで予想していなかった単語を聞いて、キコルは目を瞠《みは》る。

専用武器——各部隊の隊長、副隊長クラスの戦力に支給される対怪獣討伐用の武器だ。

亜白有する大口径の機関砲、保科の有する刀などがそれに該当する。強力な反面、並みの隊員の解放戦力では使いこなすことすらできないとも聞く。

（なんだ、怪獣8号のことじゃなかったの。それならそれでいいけど）

キコルはほっと息を吐《つ》き、二人に向き直る。

「与えられるのは隊長格からじゃ？」

「通例ではな。状況を鑑みての判断や」

亜白曰《いわ》く、今年出現した怪獣の強度や頻度なども考えた末の結果らしい。

「ま、安心せい。純粋にお前の実力を考慮した結果や。お前が防衛隊長官、そしてかつての第2部隊隊長の娘であるといった忖度《そんたく》は何もない」

「そうですか、まぁそんなこと思ってもいませんが」

自身の実力がこの部隊の中でも秀でていることを、キコルは自覚していた。そして目の前の二人——亜白隊長と保科副隊長には劣っているということも。

「開けるで。出雲《いずも》テックス、そしてうちの科学課が協力して作った特注品。まだプロトタイプで改良の余地はあるが、これがお前の専用武器や」

保科がケース横にある生体認証システムに手をかざした。ケースが開き、液体窒素の白煙が晴れると、巨大な武器が姿を現した。

「これが私の専用武器……！」

収まっていたのはキコルの身の丈を超えるほどの——大剣であった。

「どうや、気に入ったか？」

「この時点で気に入ったも何もないだろう。武器は使ってこそだ」

亜白の言葉に保科は頷く。

「ごもっとも。四ノ宮、これから訓練場に行けるか？」

「お披露目式ってわけね。もちろん、望むところです」

ケースを閉じ、武器の搬出の準備を整えていると、外から扉がノックされた。扉が開くと、そこにはテレビ取材班が立っている。

「取材班？　どうして？」

「僕が呼んだんや。四ノ宮隊員がおもろいことをやるから、良ければどうぞってな」

「……訓練場といいやらせる気満々ですね」キコルはスーツのファスナーを首元まで上げた。「わかりました。私の専用武器、試させてもらいます」

一同は屋外の訓練場へやって来た。天候も良く、日差しが降り注いでいる。小此木《おこのぎ》をはじめとしたオペレーター、武器の開発に携わった科学課の面々も揃っていた。

「結構な人数が来てますね」

「専用武器の開発なんて滅多にないからな。第3部隊でも今までは僕と隊長の二人しかいなかった。そこにお前が三人目となるわけやからな」

(そう、期待されてるってわけ。だったらそれに応えなきゃね)

キコルはスーツの戦力を解放した。組み込まれた怪獣筋肉が身体《からだ》と同調していく。ケースの認証を解除し、大剣を肩口《かたぐち》に構える。漆黒の刀身が、陽光を照り返している。眼前に向けて振り下ろす。ビュオッ——と、力強い風切り音が響いた。

「……大きさの割に随分と軽いわね」

「それはですね！」小此木が丸眼鏡《めがね》を押し上げる。「昨年に浜松《はままつ》に現れた爬虫類《はちゅうるい》系の怪獣、その甲羅を加工したものなのです。出雲テックスさんの方でも加工は困難を極めたそうですが、軽量かつ強靭《きょうじん》で満足いく仕上がりになったそうですよ」

「そうなんですか……企業努力の賜物《たまもの》ね」

キコルは指定位置へ着く。行うのは、配置されたターゲットを壊してタイムを競う基礎的な訓練だ。簡易テントの下、小此木たちといる亜白は腕《うで》を組み、怜悧《れいり》な瞳でこちらを見つめていた。戦力全解放96%——キコルの遥《はる》か先を行くこの第3部隊の最大戦力。

(相模原の一件でわかった。今の私はまだ、隊長にも副隊長にも遠く及ばない)

『それでは四ノ宮隊員。カウント10から始めます。10、9……』

通信機から小此木の声が響く。

息を深く吸い込むと、スーツが身体に馴染《なじ》んでいく。取り込んだ酸素が全身の血流に乗り、身体の隅々《すみずみ》まで行き渡っていく。

『2、1——0!』

カウントが終わると同時に、キコルは飛んだ。

右前方、ブロック塀の陰からターゲットが出現。跳ね上げるように大剣を振るい、吹き飛ばす。飛び出た勢いを殺さず、身体を反転して塀へと着地。次いでターゲットが現れたのは、正面にある一軒家の屋根の上。塀を蹴って飛び上がり、剣を大きく薙《な》いで破壊した。

「次っ!」

一般サイズの真剣でさえ振るうには凄《すさ》まじい筋力がいる。ましてやこの巨大な剣ともなればなおさらだ。スーツを着れば軽々と自動車を持ち上げられるキコルだが、それでも大剣を使いこなせるか不明だった。

だが、そんなものは杞憂《きゆう》だった。剣は羽のように軽い。

（まったく、とんでもない武器！）

最後のターゲットを撃破し、キコルは小此木たちの元へと向かった。

「結果は？」

「タイム——1分3秒。推定解放戦力57％！」

一同からどよめきの声が上がる。タイムは前回よりもさらに縮んでおり新記録。一年目の新人が出せるレコードではない。

テレビ取材班も、良い絵面をカメラに収めることができたのか満足げだ。

だが、当のキコルは笑み一つ浮かべていなかった。

「どした？　良い成績だったのにそんな仏頂面して」

「……使いやすいとは思いますが、正直に言って不十分かと。的をいくら攻撃したところで、こいつの性能はわかりませんから」

キコルたちが現場で相手をするのは、動かない的ではない。自らの身体の何百倍と大きい怪獣だ。この訓練では本来のパフォーマンスの一割すら引き出せていないだろう。

「保科」亜白が言う。「第五演習場に伊勢原《いせはら》で捕獲した怪獣を放っていたな」

「ええ。余獣三体に本獣一体」

「生態調査およびユニ器官の解析も既に終わっていたな。入隊試験に用いるにはフォルティチュードも高い。だが四ノ宮の相手にはうってつけだろう」

「数値は？」

キコルの問いに、小此木が電子タブレットを操作して答える。

「捕獲時の本獣の推定値は、６．２です」

「……上等じゃない」

怪獣９号のダメージがあったとはいえ、入隊試験では手も足も出なかった本獣の推定フォルティチュードは６．４だった。当時と比べてどう成長したか試すことができる。

「それじゃ僕は、すぐに関係部署に話を通してきます。小此木ちゃん、手伝ってくれるか」

保科と小此木の二人は、連れだって本庁舎へと向かっていく。

「四ノ宮、お前の力を示してみせろ」

亜白の射抜くような眼光に、キコルは敬礼で応える。

「了！」

4

三十分後、一同は基地内にある第五演習場へとやって来ていた。地方都市駅前を想定した市街地型であり、高く分厚い防壁が敷地を囲んでいる。入隊試験を行った第二演習場と比べると幾分か小規模となる。

亜白や保科などの隊員と取材班は、隔壁上の管制室にいた。演習場内にいる怪獣の位置情報をモニタリングし、隔壁開閉などの操作を行える場所だ。一方のキコルは階下へと向かい、演習の準備を整えていた。

「保科」

亜白は小さく耳打ちをした。後ろの取材班に声が聞こえないようにするためだ。

「隊長、どうしました？」

「手際が良すぎる。この演習、私が言い出す前から準備をしていたな」

「……ばれてましたか」保科は静かに笑う。「四ノ宮の性格からして、ただの訓練で満足するはずはないですし。それにテレビのカメラが入ってますから。アピールする絶好の機会でしょう？　捕獲した怪獣もなかなかおもろい特性を持っとります」

「小此木、怪獣のデータを」

「はい。ええと、こちらになります」

画面上に詳細なデータが表示された。

「僕が出張って生け捕りにしたものです。動きはまあ緩慢で、気性も荒くない。捕らえるのはわりかし容易でした。ただまあ、討伐となると話は変わります」

「これを四ノ宮にぶつけるか。いい性格だな」

「それ褒めとります?」

「いいや」

亜白の答えに保科は笑うと、通信のスイッチを入れた。

「それじゃあ四ノ宮、そろそろ準備はいいか」


「いつでもいけます」

キコルは武器を積み込んだ輸送車に乗り込んでいた。運転手は輸送班の隊員が務めている。演習場へ繋がる第一隔壁が開き、輸送車が動き出す。第五演習場は怪獣対策のため二重の隔壁を有している。演習場内に入ると、運転手は格納庫へと戻っていった。キコルは一人、隔壁の間に取り残された状況となる。

「さて――」

輸送車には専用武器の大剣はもちろん、弾薬など他の武器も積み込まれていた。使い慣れた武器を使用できるらしい。キコルは大剣を外へと引っ張り出そうとして、車両の奥に銀色のケースがあることに気づく。大剣を納めるケースよりもさらに大きい。

「保科副隊長、この大きいのは？」

『ああ、出雲テックスが試作したもう一つの武器やな。どうも依頼した規格を外れててな。保留にしてある』

一瞬だけ興味をそそられたが、失敗作であるようだ。

大剣の他に小銃を手にして、キコルは外へ出る。上空を三機のドローンが哨戒《しょうかい》していた。一機は防衛隊のもの、もう二機は取材班が管制室から飛ばしているものらしい。

『演習場内の怪獣は全て討伐可能や。手加減する必要はないで』

「承知しています」

生体認証でケースを開封する。大剣を取り出し、キコルは肩に担いだ。

「こいつの性能、存分に試させてもらおうじゃない」

キコルは全身に力を籠めた。スーツが身体に同調する。

目の前にある第二隔壁が、ゆっくりと左右に開いていく。

保科から怪獣の詳細は聞いていない。実戦では詳細不明の怪獣と相対するのが常だ。戦いの中で相手の特性を見出《みいだ》すしかない。加えて高いフォルティチュード。一筋縄ではいかないだろう。だが、キコルの顔は自信に満ち溢《あふ》れていた。

「菌類系？　爬虫類系？　どんな奴《やつ》でも上等よ」

——この剣で真《ま》っ二《ぷた》つにしてやる。

扉が完全に開ききった。

キコルは、目の前に広がる演習場へと飛び出した。

だが、

「……ん？」

思わず拍子抜けする。眼前に広がっているのは閑散とした地方都市駅前のロータリー。戦国武将の銅像がぽつんと置かれている。怪獣の姿はどこにも見当たらない。

（いない……。どこかに潜んでるってわけ？）

正面に真《ま》っ直《す》ぐ延びる道路の両端には商店が、右に延びる道には民家が続いている。キコルは民家の方へ進み、物陰に怪獣が潜んでいないか注意を張り巡らせる。

（好戦的な気性ではないってこと？　いいわ、探し出して——）

と、そのときである。向かって左にある一軒の家屋が、突然揺れ始めた。次の瞬間、家の玄関を突き破り、一メートルはあろう大きな鋏《はさみ》が飛び出てきた。

「……！」

キコルは大きく跳躍し、家屋の屋根に飛び乗った。道路一本を挟んで向こうの家が、まるで局地的な地震にあったかのようにがくがくと揺れている。家屋がぐぐっと持ち上がり、大量の粉塵《ふんじん》が舞った。家の下からは大きな鋏が二つ突き出ている。

「ちょっと！　蟹は好きかってそういうこと⁉」


「――最初の発見者は高校生やった」

事件が起きたのは昨年の八月、神奈川《かながわ》県伊勢原市の山中だ。廃屋に幽霊が出るという噂《うわさ》を聞きつけた高校生四人が、肝試しを行った。異変は高校生らが敷地に足を踏み入れてすぐに起こった。突如として廃屋が小刻みに揺れ、動き出したのだ。そして窓を突き破り一本の鋏が現れ――。

「その場で一人が襲われました。右足を切断する重傷です」

保科の言葉に、画面を見つめていたテレビ取材班は息を呑《の》む。

「あの姿、甲殻類系の怪獣ですか！」

家屋が持ち上がり、怪獣の全貌が明らかになる。大きな二つの鋏、左右それぞれに三本の細い脚と短い脚が一本、計八本脚。その身体は全身が硬そうな甲殻に覆われていた。

「ご明察です。地面に潜り込み、建築の基礎を食い破って家屋に潜入。近づいてきた獲物を二つの鋏で襲うというわけです」保科は顔の横でピースを作り、指をちょきちょきと動かした。「一般隊員の炸裂弾《さくれつ》じゃ、あの甲殻は突き破ることさえできひんかった。さあ、どう出る四ノ宮」


キコルは小銃を構えた。炸裂弾を怪獣の鋏に向けて掃射する。閃光《せんこう》と爆発音が響いた。

キコルの高い解放戦力ならば、通常の余獣ならこれで討伐できるはずだ。爆発の煙が晴れていく。怪獣は平然とした顔つきで家屋を被《かぶ》っていた。さすがに無傷ということはなく、甲殻はいくらか傷ついているが——。

「硬いわね……」

正面からの銃による攻撃だと、キコルといえども時間がかかりそうだ。

キコルは小銃を屋根へと置き、大剣の柄《つか》を両の手で強く握る。

「さあ、行くわよ」

怪獣がぐぐっと脚部を持ち上げ、鋏を伸ばして襲い来る。

キコルは屋根から跳んだ。眼下の怪獣をめがけて、大剣を振り下ろす。重々しい音が空気を引き裂き、次いで「ごしゃ」という大きな破砕音。ただの一振りで、怪獣の鋏は一刀両断にされていた。怪獣の頭部に突き出ている二個の黒い眼《め》。それは自らの鋏に何が起きたのかまるで理解しておらず、呆《ほう》けているかのようだ。

「もう一発！」

大剣を正面から叩《たた》き込んだ。勢いそのまま怪獣の頭部へとめり込む。硬い甲殻がさながら果実のようにひしゃげ、黄色みがかった透明の液体が撒《ま》き散らされた。

「まず一体」

次にキコルはスーツの力を発揮し、ビルの壁を駆け上がり、大きく空へと飛び跳ねた。街全体を鳥瞰《ちょうかん》する。視界の右端で何かが動く。半壊した木造建築の一軒家が揺れていた。

「そこね！」

屋根を飛び歩き、目的地まで急行。キコルが木造建築の前に着地すると同時に、家屋が持ち上がり、鋏が飛び出した。大剣を振り下ろし、叩き割る。家屋の下で怪獣が甲高《かんだか》い悲鳴を上げる。キコルは剣を突き出し、怪獣の頭部を真正面から貫いた。剣を引き抜くと同時に、怪獣の身体が地面に崩れ落ちる。

「二体目」

その直後、後ろから風切り音が響く。振り向けば、眼前にまで大鋏が迫っていた。剣を

03 S-12066

縦に構え、刃《やいば》で鋏を受ける。三体目の余獣がすぐ近くに潜んでいたのだ。倒壊したコンクリート造りのマンションの一部を背負っている。

再び、鋏が襲い来る。キコルは大剣を横に薙ぎ、鋏を関節から吹き飛ばした。追撃してくるかと思ったが、怪獣は身を反転して逃走する。

「逃がさないわよ」

キコルは助走をつけて飛び上がり、背中めがけて大剣を振り下ろす。背部のコンクリートを突き破り、怪獣の甲殻まで大剣が届く。だが、剣は甲殻の上で勢いが止まった。

(両断できない⁉)

キコルは一度剣を引き上げた。怪獣は背を向け、一心不乱に逃走する。キコルはすぐに追いかけ、先ほどと同じ箇所に剣を叩き込んだ。大剣は剝《む》き出しの甲殻にかち合い、そのまま怪獣の身体を一刀両断にした。

「三体目っ!」

怪獣が背負っていたコンクリートが近くに飛び散っている。近づいて様子を確認してみると、琥珀《こはく》のような飴色《あめいろ》の固体が付着していた。

保科から通信が入る。

『さすがやな。このレベルの余獣程度では相手にならんか』

「保科副隊長、昨日の蟹が好きかって質問ですけど……」

『いやあ、アレルギーもないと聞いて安心したわ』

「食べるどころか食べられる側だったんですけど⁉」

『それはないやろ。これくらい余裕やと思っとったで』

「それはそうですけど、でも……」

『なんや？　不満でもあるんか？』

少しだけ懸念点があった。キコルは怪獣の背部に目を落とす。

「怪獣が背負ってたコンクリート、飴色の接着剤みたいなもので覆われています。瓦礫《がれき》同士が強固に結びついていますけど、ユニ器官由来ですか？」

ユニ器官——怪獣が有する特殊な器官で、怪獣ごとに様々な特性を有する。防衛隊の一部装備では、それを兵器として利用している。

『そうや。背部のユニ器官が粘性の液体を産生しとる。放出された液体は空気に触れると急速に乾いて凝固し、建築物とともに強固な鎧《よろい》になる』

「鎧……どうりで」

怪獣を両断しながらも、一発で仕留めきれなかったことに不満があった。手に携えている大剣の使い心地はとても良い。それはやはりこの武器の軽さに起因するものだ。だが、だからこそ不満が残る。

『残るは本獣一体やな、頑張り』

余獣でさえ一軒家を背負えるのだ。さらに大きな建物、例えばビルそのものを背負っている可能性すらある。キコルは演習場内にある大型建築物を見回った。日本家屋、長屋、雑居ビルなど。だが――。

(どこにもいない?)

演習場内は静閑としており、物音一つしない。どこまでも寂寞《せきばく》とした廃墟《はいきょ》が広がっている。

(そういえば、初めてあいつの正体を知ったのも演習場だったわね)

試験中に襲来した怪獣9号。倒した怪獣の再生。負傷していたとはいえ、当時のキコルは手も足も出なかった。それを救ってくれたのが怪獣8号――日比野カフカだった。

(改めて考えてみれば無茶苦茶よね。防衛隊の監視下だったのに変身して駆けつけるなんて。本当に何を考えてるのよ)

道を戻り始めたキコルは、通りにぼろぼろになったファミレスが建っていることに気づく。キコルは入隊後、カフカとレノの三人でファミレスに行ったことを思い出していた。

防衛隊に入隊して間もなくの頃だ。カフカとレノから、キコルは都内のファミレスへ呼び出されていた。演習場でカフカが怪獣に変身した件について、説明を受けるためだ。どのような機密を明かされるかと思ったが――。

「はぁ⁉　怪獣食べて怪獣になった⁉」

伝えられたのは、怪獣を食べたら変身できるようになったという俄《にわか》には信じ難い話だった。しかし、カフカもレノも冗談ではなく真剣な様子だ。防衛隊に話せば、カフカは兵器のパーツとして利用されるかもしれない。

「助けられたし一旦黙っててあげる。――そのかわり、もしあんたが人類に害する怪獣だってわかった時には、私があんたを殺すから」

ファミレスで目の前に座るカフカ――怪獣8号に対しキコルは告げた。

脅すつもりではない。本心からの言葉だ。もしこの先、市民にその牙《きば》を剝《む》こうものなら、迷いなく討伐するつもりだった。

動揺するだろうと、そう思った。つい先ほどまで目の前の男は、それこそ自分の倍の年齢も生きているとは思えないほど、みっともなく叫んでいたのだから。

だが予想外に、カフカは笑みを浮かべた。

「――ああ、そんときゃ頼む」

「……！」

まるで自分の運命を受け入れているかのように、それが当然だという風に笑ったのだ。

逆に、キコルの方が面食らってしまう。

「さて話も済んだし、そろそろ帰るか。悪かったな市川、お前まで付き合わせて」

レシートを持って立ち上がるカフカを見て、

「――待ちなさい」

とキコルは凄まじい剣幕で声をかける。びくりと、カフカの背中が震える。

「な、なんでしょうか……？　まだなにか？」

「せっかくわざわざ街まで出て来たのよ。少し私に付き合って」

「付き合えって……どこに？」

キコルはテーブルの上のカップを指さす。

「休日のティータイムがドリンクバーだなんて、冗談じゃないでしょ」

やって来たのは二駅乗り継いだ場所にある紅茶店だ。一階は紅茶売り場で、二階がカフェになっている。キコルがアメリカに行く前に時々利用していた。

通された窓際席には、半円アーチ形の窓から柔らかな日差しが降り注いでいる。シックで落ち着いた雰囲気が漂っている。

対面のカフカは凝り固まって、挙動不審にきょろきょろと周りを見回していた。メニューを見ては、隣のレノに耳打ちをしている。

「おい、市川。やばいぞ。なんだこれ、見たことない文字が並んでる。これ紅茶だよな?」

「すごいですね。ダージリンにこんな種類があるとは……」

「ナムリングキングアッパーってなんだよ。絶対に必殺技だろ……」

「先輩、見てください。値段……」

「うお、一杯が昼飯二回分以上だぞ! どうなってんだ?」

「……あまり下世話な話はしないでほしいんだけど。それに一杯じゃなくてティーポット単位で出してくれるの」

これ以上騒がれれば悪目立ちしそうだ。キコルは適当に紅茶とスイーツを選び、注文する。店員がカップとティーポットを運んできた。最初の一杯は店員が注いでくれる。清涼感のある馥郁《ふくいく》たる香りが広がった。

「キャッスルトンのファーストフラッシュよ。ストレートでいける」

カフカは恐る恐るといった様子でカップを持ち、口元へ運んだ。

「お、おお。すごいな。なんかお洒落《しやれ》で、上品で、なんか……すごい味がするぞ」

「知らなかった。怪獣になると語彙《ごい》力って落ちるのね」

「これは素だ！　……いや、失ったことにしといた方がいいのか？」

カフカの隣、レノは一口含むと目を丸くした。

「すごい。甘味と香りが一瞬で、通り過ぎるように抜けてく」

「な、なんだお前、市川！　いい感じのレビューしやがって！」

「いや、別に大したこと言ってないと思いますけど……」

「くそ、美味《うま》いんだけど……なんか上手《うま》く言い表せん味だな……」

カフカが動揺する顔を見て、キコルはにやりと笑う。

「ふふん。ま、別に恥じることないわよ。今まで飲んだこともなかったんでしょ？　舌が追い付かないのも無理ないわ」

「ぐぐぐ……！」

悔しそうな表情を浮かべるカフカは、キコルにびしっと指を突き付ける。

「マウントを取るなよ！　俺だってな、お前が知らないものくらい飲んだことあるぞ！」

「あんたが飲んだことあって、私が飲んだことないもの……？」キコルは口元に手を当てて考える。「泥水とか？」

「俺も飲んだことねーわ!?　ふん、まったくあの味わいを知らないとは残念だな！」

「まさか、ビールとか言うんじゃないでしょうね。未成年よ、私」

「……！」

カフカの動きがぴたりと固まる。

「先輩。さすがにそれは大人げないというか……」

「は、ははは。何言ってんだ市川。そんなわけないだろ。そう、それはずばり……そう！」

カフカは顔を明るくし、キコルの鼻先に指を突き付ける。

「ラムネだ！」

土壇場で妙案が思いついたという顔つきだ。

しかし──。

「ラムネ？　別に知ってるわよ。あの炭酸飲料でしょう？」

「ぐ、知ってたか……。だが、飲んだことはあるか？　ビー玉の出し方は？」

「……ビー玉？　なんで飲み物の話をしてるのにビー玉が出てくるのよ」

それを聞くと、カフカは口を開けて笑った。彼は腕を組み、胸を張る。

「よし、勝った！　さすがのキコルもラムネは未経験と見た！」

「先輩、そんな小さなことで誇らないでください……」

カフカの態度に、「む」とキコルは思わず頬《ほお》を膨らませていた。

「ふうん。そこまで言うなら今度ぜひ飲ませてもらおうかしら。美味《おい》しくなかったら、ただじゃおかないけど」

（……なあんて馬鹿話をしたっけ）

通りを歩きながら、キコルはぼんやりと回想していた。そこで、また自分がカフカについて考えていることに気づく。思考を頭から追い出すように、首を横に振った。

（……何よ。これじゃまるで本当にあかりから言われた通りじゃない）

ピピッ、と耳元に小此木の通信が入る。

『四ノ宮隊員、大丈夫ですか？』

「大丈夫って、なにがですか？」

『バイタルに異常が見られます。心拍数が上昇しているようですが……』

「……！　べ、別に怪獣が見つからないことに苛《いら》ついてるだけ！　……です！」

その後キコルは敷地端の隔壁まで来たが、とうとう本獣とはエンゲージしなかった。

『ふむ』保科から通信が入る。『どうも見つからんな。四ノ宮、一度入口に戻って来い』

「……了。帰投します」

怪獣はどこかに潜んだまま出てこないらしい。真っ直ぐに延びた道路を歩いていくと、正面に演習場の入口である駅前ロータリーが見えてきた。路面は大きくひび割れている。

駅前に足を踏み入れた瞬間――ごごご、と地面が揺れた。

「!?」

キコルのすぐ横、道路のアスファルトを突き破って大鋏が現れる。

「……っ!」

キコルは大きく後ろへと跳躍する。

道路の下から現れたのは、余獣の数倍はあろう身の丈の甲殻類系怪獣。身体に大量のアスファルトや土をびっしりと纏《まと》っている。

「何が戻って来いよ、知ってたわね! 性格が悪い……!」

『四ノ宮、通信聞こえとるでー。後で腕立てな?』

「……了! まあいいわ。手間が省けたもの」

キコルは大剣を振りかぶった。

(戦力、全解放!)

周囲の大気がぴりぴりと震える。

キコルは一気に飛び出した。

瓦礫を引っ付けた怪獣の頭部に大剣を振るう。キコルの放つ一撃は怪獣の頭部をいとも容易《たやす》く両断――できなかった。

「⁉」

大剣は大きな音を立て、ぎっしりと凝固したアスファルトに跳ね返される。傷付き削れてはいるが、甲殻まで届いていない。

「……！　もう一発！」

キコルは怪獣の大鋏をめがけて剣を振るう。大鋏にも土や石が大量に絡みつき、コーティングされている。またもや剣は弾《はじ》き飛ばされる。

（押し負けた⁉）

攻撃を二度も食らいながらも、怪獣はまるでダメージを受けていない。黒々とした目玉でじっとキコルを見据え、挑発するかのように大鋏を突き出している。

「……こいつ！」


演習場内の怪獣の位置は、管制室から逐一モニタリングされている。キコルが入口へと戻った際に怪獣とエンゲージすることは想定済みだ。

「さすがの四ノ宮でも、本獣は一撃で叩き斬れんかったか」

保科の呟《つぶや》きに、小此木は怪獣のデータを見ながら頷く。

「本獣の甲殻は余獣の数倍の厚さです。ユニ器官から分泌する液体の量も多いですしね。

アスファルトを纏った甲殻を突破するのは、小隊長クラスでも容易ではないかと……」

それを聞いて、ディレクターが訊《たず》ねた。

「保科さん。とすれば、どのような対処法が考えられますか？」

「弱点はありますよ。真っ先に挙がるのは関節部を狙うといった方法ですね。実際、捕獲の際も隊員にはそう対処させましたから」

「なるほど。保科さんもその方法で……」

「いやー、僕なら普通に斬りますけどね」

「ええ……？」ディレクターは引き気味に言う。

「こいつを使って、ですね」

保科は腰《こし》に差した専用武器、忍者刀のような短剣を叩く。

「保科、お前の討伐方法は参考にならないだろう」

「ほう。そういう隊長はどうするんです？」

「砲撃で甲殻を撃ち抜く」

「そっちも大分参考にならんと思いますけど？」

「…………」

次元の違う会話に圧倒されているディレクターに、小此木が苦笑いで答えた。

「……このお二人の基準は、あまり当てになりませんので」

「は、はは……。そのようですね……」

キコルの戦いを見つめながら、亜白は呟いた。

「この展開は狙い通りといったところか、保科」

「と言いますと？」保科は首を傾げる。

「専用武器の披露だけならば、演習場内にわざわざ武器を積んだ車両を搬入する必要はない。本獣にはあの大剣が通用しないと見越してのことだろう」

「……さすが、隊長はなんでもお見通しですね」

「お前の考えそうなことはすぐわかる」

横で話を聞いていた小此木は、意図がよくわからず問いかける。

「保科副隊長。どうしてそのようなことを？」

「小此木ちゃん、専用武器だけに頼ればかえって足元を掬《すく》われる場合もあるんや。特にまだ現場経験の少ない四ノ宮なんかはな。通常武器も適切に組み合わせて怪獣に対処するべきや。あの輸送車には凍結弾も積んどる。それで怪獣の動きを抑制。そこに専用武器を叩き込む方法がベストやな」

「なるほど……」

「このままやとジリ貧やで。どう動く、四ノ宮」

保科の予想通り、キコルは攻めあぐねていた。

「……！　こいつっ！」

怪獣が纏った鎧までは砕くことができる。だが、肝心の甲殻まで一気に両断できない。

怪獣は今現在も粘性の液体を噴出し続けていた。地面に飛び散ったアスファルトや砂が現在進行形で張り付き、キコルが破壊する傍《そば》から鎧が作られていく。

「ふぅ、ふぅ……っ」

自らの息が上がっていることに気づく。長時間スーツを酷使しすぎたらしい。保科の狙いにはキコルも感づいていた。怪獣の向こう側――駅前には輸送車が見える。そこへ戻り、他の武器を使えと言うのだろう。

だが、わかっていながらもキコルはそうする気になれなかった。

（そんなの、まるで逃げたみたいじゃない！）

『大丈夫か四ノ宮。頭に血が上っとるで？』

「上ってなんてない！」

『上ってる奴の言葉やな……』

キコルは再び真正面から大剣を振るう。待ち構えていた大鋏とかち合う。キコルの大剣はがっちり鋏に摑まれていた。

「……！」

もう一方の大鋏が振るわれ、キコルの身体へ叩きつけられる。大剣を怪獣に摑まれたまま、キコルの身体は駅前方向へと吹き飛び、輸送車へと激突した。衝撃で車両が横倒しになり、積まれていた武器が外へと飛び出る。

直前でシールドを張ったためバイタルに異常はない。損傷も特になし。戦闘自体は継続できるが、肝心の武器を手放してしまった。怪獣は剣を鋏に挟んだまま、様子を窺《うかが》うようにこちらを見つめている。

「……！」

キコルは歯嚙《はが》みをしながら立ち上がる。この訓練で薄々《うすうす》抱いていた懸念が、現実のものとなった。あの専用武器は軽量で扱いやすい。だがその分、決定的な破壊力に欠けている。

（それは、私が理想とするものじゃない……）

正面から圧倒的な武力でねじ伏せる――今欲しているのはそんな得物だ。別に策を軽んじているわけではない。それが自身の気質に合っているのかという問題だ。

（もっと、もっと重厚な武器があれば……！）

横倒しになった輸送車の積み荷がバランスを崩し、一際大きなトランクケースが転がり出て来た。保科が言っていた規格を外れた武器だ。ズシン、と音を立てて地面へ落ちる。

(⁉ なに今の音……どれだけ重いの？)

厳封されていなかったのか、落ちた衝撃で箱が開いた。中身を見て、キコルは目を見開く。

「これが……失敗作？」

一目でその言葉の意味がわかる。その武器はあまりにも大きく無骨だった。キコルの半身を超えるほどの刃を有する漆黒の大斧《おおおの》。研がれた刃が、鈍色《にびいろ》の光を照り返している。

考えるより先に、キコルは吸い込まれるように手を伸ばしていた。斧の柄を掴み、両の手で持ち上げる。身体の芯を衝撃が走り抜ける。大剣が見た目よりも軽かったのに対し、この大斧は見た目よりも遥かに重量がある。何キロあるのか想像すらつかない。

(これなら！)

『よせ、四ノ宮。それを扱うのは無茶や』

「……私の攻撃が弾かれたのは、威力が低かったから。重い武器なら威力も増すでしょ？」

『持ち上げてわかるやろ。その武器はギミックの関係で重くせざるを得なかった。お前の解放戦力じゃ振るうことはできひん。いいから早《は》よ置け！』

「私の今の力じゃあ、振るうことはできない？」

『そうや。だから――』

キコルの目がぎらりと輝いた。

「だったらなおさら！　振るいたくなってきたじゃない！」

『おまっ……!?』

キコルの性格は攻撃的かつ積極的、そして何より忘れてはならないことがある。彼女は自信家で、大の負けず嫌いでもあった。

斧を肩に担ぎ、駆け出した。一歩踏み出す度に、地面に深い足跡が刻まれる。大斧を怪獣めがけて振りかざそうとするが――。

「……っ！」

斧刃に重心が持っていかれ、狙いが外れる。刃は、怪獣の随分と手前へ振り下ろされた。持ち手に衝撃が返ってきて、キコルは地面へと投げ出された。受け身を取りながら前を見れば、アスファルトには深々と斧が突き刺さっている。

（すごい威力。これなら甲殻を突き破れる！）

だが保科が指摘したように、現状のキコルではこの大斧を扱いきれない。

だとすればどうする。この先、強大な怪獣が現れたときに尻尾《しっぽ》を巻いて逃げ出すのか。

また試験のときみたいに——怪獣8号が、カフカが助けてくれるのを待つか。

(……させない)

そんなことはさせない。させたくない。

(そんなのもう、ごめんなんだから！)

キコルは突き刺さった斧の柄に両手をかけた。それを引き抜こうと力を入れる。スーツが身体をきつく締め付け、さらに深く同調していくことがわかった。びりびりと、周囲の空気が震える。

本獣が大きな金切り声を上げた。まるで、眼前のキコルに怯《おび》えているかのように。

「あのアホ、本当に頭に血が上っとるな。僕が出るわ」

保科は階下へ向かおうとした。入隊試験と同じく怪獣9号などの襲来に備え、保科はすぐに出られるよう準備していたのである。

エレベーター前に立ったところで、後ろから小此木の大声が聞こえてきた。

「保科副隊長！　四ノ宮隊員の解放戦力、上昇していきます！」

「なに？」

保科は戻り、亜白とともに画面を覗《のぞ》き込む。キコルのこれまでの最大解放戦力は57%。

だが表示されている数字はどんどん上昇していく。58％、59％――。

「推定解放戦力、60％！」

斧を地面から引き抜き、キコルは飛んだ。

その動きに呼応するかのように、怪獣が吠《ほ》えた。口元からぶくぶくと泡を吹いている。挟んでいた剣を投げ捨て、キコルめがけて鋏を振るう。

宙で鋏と斧がかち合う。爆《は》ぜるような音が響いた。大剣では削ることしかできなかった大鋏が割れていた。鎧ごと鋏は吹き飛び、白い筋繊維が剝き出しになっている。

怪獣の判断は素早かった。目の前の小柄な少女が自分よりずっと強いことを、本能的に悟ったのかもしれない。鎧に覆われた背を向け、逃走を図る。

アスファルトを纏った甲殻に、キコルは再び一撃を放とうと構える。そのときである。

キコルの下に保科から通信が届いた。

『四ノ宮――その斧にはちょっとしたギミックがある』

「ギミック？」

『せや。手元の柄にトリガーがあるやろ。それを引け』

「了！」

キコルは斧を大きく振りかぶり、跳躍した。逃走を図る怪獣の真上へ位置する。手元のトリガーを引く。斧頭を中心にして、凄まじい衝撃が迸《ほとばし》る。身体を持っていかれそうになるが、全身に力を籠め制御する。斧は衝撃波を発し、真下へ爆発的に加速した。

(蟹の味は好きだけど――一つ嫌いなことがあった)

金色の髪が大きくはためく。上空から振り下ろされるそれは――さながら怪獣めがけて天から降り注ぐ雷《いかずち》のようであった。

辺り一帯に爆発音が響き、粉塵が空高く舞い上がる。ドローンでも確認できないほどの白煙がようやく晴れていく。そこには正中線から真っ二つに叩き割られた本獣、そして斧を平然と肩に担いでいるキコルの様子があった。

「食べにくいのよ、あんたたち」

怪獣からまるで噴水のように体液が噴き出し、周囲を濡《ぬ》らしていく。

「本獣の生体反応、消失しました！　これにて四ノ宮隊員、余獣三体に本獣一体――演習場内の全ての怪獣を討伐完了です……！」

小此木の報告を受け、保科は汗の浮いた頬を掻《か》く。

「……まさかあれを使いこなせるとは、予想外やったわ」

「決まったようだな。四ノ宮の専用武器は」

保科は亜白の言葉に頷くと、後ろの取材班たちを見て笑う。

「どうですか。なかなかいい絵面が撮れたんとちゃいます？」

眼下にカメラを向けながら、ディレクターはぽつりと呟く。

「こんな映像、ボカさなきゃ放送に乗せられませんよ……」

真っ二つになった怪獣の身体からは、なおも体液が噴き出ていた。唇《くちびる》が乾いたのか、斧を構えたキコルはぺろりと口周りを舐《な》めている。

5

訓練が終わり、亜白、保科、キコルの面々はオペレーションルームに戻っていた。机上には大剣、そして大斧が並べられている。

「この大斧な」と保科。「主な怪獣素材《マテリアル》は、一昨年《おととし》品川《しながわ》で討伐された本獣のユニ器官。強い生体電位が生じることにより筋繊維が急速に収縮する。取り込んだ空気を爆発的な勢いで射出し、衝撃波を生む。市民、市街地ともに多くの被害を出した怪獣や。この大斧はそれをギミックとして取り入れとる」

「最後に私が振り下ろしたのがそれね」

「せや。トリガーで通電すると衝撃波を発する。今回、お前が用いたのは後方射出による加速やけど、前方に発すれば威力を上乗せすることもできる。ただ、この特性からしてわかるように、武器自体にもかなりの強度が必要でな。補塡《ほてん》するためにとんでもない重量になったんや。肉抜き加工は施してはあるが、それにしたってお前の解放戦力では扱えんと判断した。しかし――」

「お前は使いこなしてみせた」亜白が保科の言葉を引き継いだ。「四ノ宮、改めて君に専用武器を支給する。異論はあるか？」

キコルは大斧に手を這《は》わせる。つい先ほどの感触を思い出す。怪獣を討ち果たした圧倒的なまでの威力。十分に使いこなすにはまだ訓練が必要だが、これは間違いなくキコルが理想とする武器の一つだ。

「使用感は言うまでもありません。ただ、一つ文句があるとすれば――」

「とすれば、なんや」

「デザインが無骨すぎて私には似合わないところでしょうか？」

「……いやー、ぴったりやと思うで」保科は苦笑を浮かべている。「そや、四ノ宮。お前が最後に見せた技やけど、名前がある」

「名前？」

「使い手が少ないとはいえ、防衛隊式の斧術《ふじゅつ》があってな。怪獣を討伐するために研鑽《けんさん》し続けてきたものや。お前が見せた上空からの振り下ろし――隊式斧術では1式の落雷《らくらい》と呼ぶ」

「落雷……」

「武芸十八般もさすがに斧術は含まれとらんしな。僕も一応心得はある。いつ次の巨大怪獣が現れるかもわからん。今日明日にでも叩き込んでやるから、覚悟し」

「……！」

キコルの心中で炎が燃え上がる。学べるものは全て学び取ってやる。彼女は亜白と保科に対し、敬礼で答えた。

「専用武器、拝受いたします！」

6

昼休みになり、キコルは食堂へと向かった。既に訓練が終わった多くの防衛隊員でにぎわっており、食欲をそそる美味しそうな香りが漂っている。

「お、キコル」食事の載ったトレイを抱えていたカフカがこちらに気づく。「お前、午前の訓練いなかったけどどうしたんだ？」

「ちょっと亜白隊長たちとね」

「ミナと？　一体なんの用だったんだよ」

「その呼び捨て止《や》めなさいよ。……ま、近いうちに見せてあげるわ」

ふふん、とキコルは得意げに鼻を鳴らす。と、そこでカフカが上機嫌なことに気づく。

「なにあんた、いいことでもあったの？」

「おう、これを見ろ！　じゃじゃん！　どうだ！」

カフカが自信ありげに取り出したのは、訓練の記録用紙だ。

「見ろよ、昨日よりまた秒数が縮んだぞ」

「ふうん。はい、これ」

キコルは紙を手渡すと、カフカが目を剝く。

「い、1分3秒⁉　お前これ……⁉」

「……」

カフカを繁々《しげしげ》と眺め、改めて首を傾げる。最近は筋肉が付いたとはいえ、その容姿は中年男性——いわゆるオジサンだ。とてもキコルを救った怪獣8号の正体とは思えない。

と、そこでキコルは得心がいく。

(……ああ、だからか)

どうして自分が日頃、こんなにも日比野カフカのことを気にしているのか。

それはきっと——借りを返せていないからだ。

あの日、キコルは怪獣8号に救われた。つまりはまだカフカに借りがある状態だ。借りっぱなしは趣味じゃない。自分自身そこに引っ掛かっていたのだろう。

そうだ、きっとそうに違いない。

(見てなさいよ、日比野カフカ)

だとすれば今度は逆だ、と思った。もし彼が窮地に陥るようなことがあれば、あの武器を携えて、駆けつけてやろう。そしてそのときこそ絶対に——。

「また、吠え面かかせてやるんだから」

キコルは無邪気にくくっと笑った。

CHAPTER 3

副隊長・保科宗四郎

1

「はい、終わりっと……」

保科《ほしな》は机の上で報告書をとんとんと叩《たた》き、一息入れる。昨日行われたキコルの演習を、副隊長である保科の観点から評価したものだ。

「案外、時間がかかってしもたな」

マグに入っている温《ぬる》くなったコーヒーを飲み干し、保科は部屋を出た。既に業務時間は終了しているが、この後は別の予定があった。

庁舎廊下を歩いていると、向こうから取材班がやって来た。

「ディレクターさん、お疲れ様です。どうです取材の方は？」

ディレクターはぺこりと頭を下げる。

「皆さん協力的で助かります。保科さん、少しお話をお伺いしてよろしいですか？」

「僕にですか？　もう新人いう歳《とし》でもないねんけど」

「ははは。いえ、新人さんたちについてお聞きしたくて。今年の皆さんは優秀みたいですねえ。昨日の四ノ宮《しのみや》隊員の訓練といい、驚きましたよ」

「今回の西東京《にしとうきょう》の入隊試験は大分厳しかったですからね。過去でも最難関レベルやったんちゃいます？　毎年一人いればいい逸材が大量ですから」

「なるほど。とすると、なおさら疑問ですね」

「何がですか？」

「日比野《ひびの》カフカ隊員です。どうも彼は他の隊員と比べて基礎体力も低いように思えます。一体どのような意図で彼を採用したのですか？」

ディレクターがそのような疑問を抱くのも頷《うなず》ける。この数日間、カフカは取材班の前で良いところを見せられていない。射撃訓練も障害走もぶっちぎりの最下位だ。

「まあ、当たり前ですけど単に戦力で昇順に採ってるわけではないんですよ。上の方では色々と意識改革もありまして。そんで、日比野隊員を採った理由の一つは――」

「一つは？」

保科はにやりと口角を上げる。

「お笑い枠ですかね」

「お、お笑い枠？」

予想だにしていなかったのか、ディレクターは目をしばたたかせている。

「ムードメーカーってやつです。傍《はた》から見ててもおもろいでしょ？　あいつの無鉄砲でアホなところとか。まったく、不器用なもんです。解放戦力0％なんて今まで見たことないですし、体力も低いのに気合だけは一人前。自分に何ができるかもわかっておらず、現場を駆け回る始末でしたから」

「な、なかなか厳しい評価ですね……」

「ま、ただ僕はそんなアホが嫌いやないですけど」

「それはまたどうして？」

保科はぽりぽりと頬《ほお》を掻《か》く。

「……昔、同じような奴《やつ》を見たことがあるんですわ。周りから隊員を止《や》めろと言われ続けて、それでも必死に駆けずり回る。そんなアホをです」

「そのような方がいらっしゃったのですか。その隊員は今なにを？」

「さあ。今もどこかで隊員をやってるんやないですか」保科は軽く笑うと歩き出した。

「そや、これから道場で僕が個人的に開く訓練があるんです。新人たちも参加しとるんで、良かったら取材に寄ってみてください」

「せやあっ！」

板張りの道場に隊員たちの掛け声が響いていた。防衛隊基地内には体育館を含め、屋内にも訓練場が存在する。夕食を摂《と》った後も訓練に励む者は多い。

「これは……自由時間だというのにかなりの人数がいますね」

ディレクターは感心したように呟《つぶや》く。

「特に今年の新人たちは積極的ですよ」

そう言って保科は道場を見回す。入口近くでは防具を纏《まと》った二人が剣先を突き合わせていた。隙を突いて一人が勢いよく踏み込み、もう一人の面へと竹刀《しない》を打ち込む。

打ち込んだ方の隊員が面を脱いだ。出雲《いずも》ハルイチだ。

「なかなかやるな、レノ。経験者か?」

相対していたレノは面を外して息を吐く。

「中学の授業で少しだけです。……ハルイチくんの最後の打ち込み、まったく見えなかった」

「いや、俺も危ないところだったよ」

ハルイチは爽やかな笑みを浮かべた。

その近くでは体格差のある二人が打ち合っていた。一人は剣道経験のあるベテランの男性隊員だったが、その彼をして受けに回らせている。相手は大柄な隊員で、上段から凄《すさ》まじい威力の振り下ろしを見せていた。

「すごいですね、あの隊員の迫力。彼も新人ですか？」

ディレクターの問いかけに、保科はかぶりを振る。

「面で顔が見えないですけど、彼じゃなくて彼女ですよ。新人の五十嵐《いがらし》ハクアです」

「五十嵐……ああ、あの第2部隊ジュラ隊長の妹さん！」

キコルと仲の良い五十嵐ハクア、彼女もまた有望な新人の一人だ。

保科が道場内を見回っていると、一人の男性隊員が近づいてきた。筋骨隆々とした身体《からだ》に、鋭い眼光を放つ小麦色の肌《はだ》をした青年。陸自出身の神楽木《かぐらぎ》葵《アオイ》だ。

「保科副隊長、稽古をつけて頂いてよろしいでしょうか」

「ええで。一本勝負な」

防具を付けると、保科は蹲踞《そんきょ》の体勢で葵と向き合った。審判役の隊員が試合開始の合図をする。そこには周りと一線を画する緊迫感が漂っていた。他の隊員たちも自然と手を止め、二人の試合に見入っている。

互いに剣先を突き合わせる触剣の間合い。

最初に動いたのは、葵だった。

「うぇいやあぁっ！」

葵が裂帛《れっぱく》の気合を発しながら踏み込んだ。一気に距離を詰め、素人《しろうと》目では追えないほどの速度で打ち込んだ。だが、保科は竹刀で受け、それらを軽くいなす。葵の打ち込みは有効打にならず、つばぜり合いとなった。

二人は再び距離を取る。

今度は、保科から間合いを詰めた。それに反応した葵が攻めに転じようと竹刀を振り上げる。その隙を保科は見逃さなかった。葵の剣を下からすり上げ、無防備にする。スパンッ、と澄み渡るような音が道場に響いた。葵が面を決められていた。

「一本！」

審判の声が響く。二人は礼をして、試合は終了となった。面を脱いだ葵の顔には、大粒の汗が浮かんでいる。一方で保科は涼しい顔をしていた。

「……ありがとうございました。精進します」

葵は険しい顔のまま、深々と頭を下げる。

「いや、大したもんやで。さすが実力者なだけある」

保科は素直に葵を褒め称《たた》える。彼は陸自でも期待のホープであり、剣道の腕前《うでまえ》も相当なものだ。第3部隊の隊員の中ではトップクラスだろう。

（やはり、今年の新人たちは相当優秀やな）

ハイレベルな二人の試合を称えようと拍手が上がった。

一方、道場の手前ではそれとは対極的な試合が行われていた。

「どおりゃあああああ！」

どたどたと、慌ただしい踏み込みとともに男は竹刀を振るう。しかし予備動作が大きく、簡単に避《よ》けられている。打ち込まれていた方の隊員が反撃へ転じた。頭上へ竹刀を大きく振りかぶり、一撃を叩き込む。

「ぐばっ⁉」

竹刀は面が割れんばかりに叩きつけられ、男は床に片膝《かたひざ》をつく。

「必殺、伊春《イハル》ブレード！　俺の振り下ろしの威力はどうよ、オッサン！」

「お、お前！　少しは手加減しろよな！」

カフカは立ち上がりながら面を外した。打ち込んだ伊春は首を傾《かし》げる。

「これでも加減してんだぞ。にしてもオッサン、いくらなんでも素人すぎねえか？」

「剣道はやったことないんだよ。周りは市川も含めて経験者か。やっぱ防衛隊目指す奴は武道をやってるものなのかな……」

レノがやって来て、カフカに話しかける。

「未経験ってことは、先輩は柔道選択だったんですか？」

「ん？　いや、柔道も未経験だけど」

「え？　必修は？」

「なんの話だ？」

「いや、柔道か剣道って必修だったじゃないですか。中学のとき」

「え、なんだそれ？」

どうも話が噛《か》み合わない。

保科は脇《わき》に面を抱え、カフカたちの所までやって来た。

「学習指導要領の改訂で、今は武道が必修になったんや。だからまあ、今年の新人たちはほぼ経験者やで。カフカ、お前を除いてな」

「な、そうだったんですか！　く、こんなところにもギャップが……！」カフカは立ち上がり、拳《こぶし》を握りしめる。「くそ、だったらなおさら訓練しなきゃな。保科副隊長、俺にもご指導お願いできますか？　一試合、お願いします！」

「副隊長、俺にもお願いできますか？」

「あ、レノ！　お前、抜け駆けするつもりか！　俺も俺も！」

「伊春くん、俺は別にそんなつもりはありませんよ」

手を挙げる新人たちを見て、保科は頷く。

「ええで。相手してやるから順番に並べ」

スパーン、と音が響く。

「ごはっ！」

スパーン、と音が響く。

「ぐふっ！」

スパーン、と音が響く。

「うがっ！」


「はい、ご苦労さん。取りあえずお前らには基礎練が必要やな」

道場の床にはカフカたち三人が死屍累々《ししるいるい》と横たわっていた。レベルが違いすぎて、まるで相手にもなっていなかった。

道場の端で様子を見ていたディレクターが、保科に近づく。

「いやあ、刀を使わせれば右に出る者はいませんねえ。さすが関西《かんさい》でも有数の怪獣討伐隊の家系。そういえば入隊はここではなく、関西の方なのでしたっけ？」

「ええ、亜白《あしろ》隊長にスカウトされてこっちへ移ったんです」

「なるほど！　入隊時から名を轟《とどろ》かせていたということですか」

「……そんなもんや、なかったですよ」

保科は苦笑を浮かべた。その煮え切らない態度にディレクターは首を傾げる。

「——保科副隊長」

後ろからの声に保科が振り向けば、そこには防具を身に着けたキコルが立っていた。面の奥には鋭い眼差《まなざ》しが垣間《かいま》見える。

「次、私もよろしいですか」

「……ええで」

キコルが躊躇し、竹刀を構える。堂に入っている、と表現するのが相応《ふさわ》しい。葵と同じく並々ならぬ実力を備えていることが窺《うかが》い知れる。

(銃器だけでなく刀剣も使いこなすか。優秀やな。まるで僕とは大違いや)

自分に向かってくる新人たちを見て、保科の脳裏《のうり》をある記憶が過《よぎ》る。

まだこの第3部隊に所属していなかった頃を。

2

普段は関西方面で勤務している保科だが、その日は出張で東京《とうきょう》へとやって来ていた。一か月後に行う第3部隊との剣道の交流試合の打ち合わせだ。第3部隊の刀伐術指南役とは保科の父が懇意にしていたこともあり、小さい頃からの顔見知りだ。

「先生、ご壮健そうでなによりです」

「いや、最近は身体も思うように動かん。近々、指南役を退こうと思っている。どうかな、宗四郎《ソウシロウ》くん。君がうちに来てくれれば助かるんだがね」

「ははは、まあ考えておきますわ」

保科は笑って話を受け流す。

指南役にならないか——今まで何遍も言われてきた言葉だ。剣技は誰もが認める。だが、実戦向きではない。それが防衛隊内での保科宗四郎に対する評価だった。父からも上司からも、指南役となるよう勧められた。それはつまり、現場から退くことを意味する。

だが、保科は最前線に残ることを望んだ。

(強情で意地っ張り……自分でもそう思うけどな)

打ち合わせも終わって帰ろうとしていた矢先、総務で呼び止められた。なんでも第3部隊の隊長から、隊長室に寄っていくよう言伝《ことづて》があったらしい。

(言伝? 隊長が僕に?)

心当たりはまるでなかったが、呼び出された以上は行かないわけにもいくまい。保科はやや緊張した心持ちで隊長室の扉をノックする。

「入れ」

凛《りん》とした女性の声音が返ってきた。

扉を開けると、一人の女性が執務机に向かっていた。亜白ミナ——まだ若くして第3部隊隊長に就任した人物だ。保科と歳もそう変わらない。合同訓練で目にしたことはあるが、面と向かって話すのは初めてだった。

保科は背筋を正して敬礼する。

「ご多忙の折、失礼いたします。保科宗四郎です」

「第3部隊の隊長、亜白ミナだ。わざわざ足を運んでもらってすまない」

「いえいえ、僕なんて暇なもんですから。東京観光でもして帰ろうかと思ってたところです。それで、話というのは？」

亜白は背を向けて、窓の外に広がる薄曇りの空を見つめた。

「合同訓練で君の姿を見たことがある。遠目だったが、素晴らしい剣技だった」

「……ありがとうございます」

（——急になんの話や）

と保科は訝《いぶか》しむ。

「保科宗四郎、君は刀のスペシャリストらしいな」

「ええ、そうですね」

保科は亜白が何を言おうとしているのか予想が付いた。静かにため息を吐く。

（ああ、また言われるんか。諦めろ――……）

第3部隊では刀伐術の新しい指南役を欲している。現場に立つことは諦めてこっちに来いとでも言われるのだろう。

亜白はゆっくりと振り向き、言葉を告げる。

「君の力が必要だ。私の部隊に来ないか、保科？」

薄曇りの空が晴れ、部屋に日差しが降り注ぐ。彼女の澄んだ双眸《そうぼう》が保科を見据えていた。

「……え？」

予想外の言葉に、思考は停止する。

「これから先、小型の強敵が現れる可能性も捨てきれん。それに――……私は君と逆で刃物がまったく駄目だ。なんなら包丁も握りたくない」

（包丁はまた別の問題な気もするけど……）

「私が敵を射抜くとき、君がその道を切り開いてくれないか」

「…………」

それは父を含め、誰も口にしなかった言葉。保科は、自身の心が大きく揺さぶられるのがわかった。この人の下でなら――そんな思いを抱いてしまう。

（……いや）

保科は静かに息を吸い込み、吐き出した。思考は急速に冷静さを取り戻す。ざわついていた心は、既に穏やかに凪《な》いでいた。

（真に受けるな、リップサービスや。ここでハイとか抜かしたら笑いもんやぞ）

社交辞令に対しては社交辞令で返す。それが礼節というものだろう。

「お言葉は嬉《うれ》しいですが――」

そのときである。けたたましい警報音が廊下から響いた。

「隊長、失礼いたします！」

扉が勢いよく開き、スキンヘッドの男性隊員が飛び込んできた。

「青梅市《おうめ》に怪獣出現との報告あり。小型ですが余獣《よじゅう》も多数確認されています。出現地点では既に死傷者が十数名に上るとのことです。被害規模の詳細ですが――」

隊員からの報告を聞き、亜白は頷く。

「わかった。海老名《えびな》、非番の隊員も含めて全員に招集をかけろ」

「了！」海老名と呼ばれた男が敬礼する。「しかし参りましたね。新編成でごたついてる時期だってのに」

「相手は怪獣だ。こちらの事情など汲《く》んではくれない」

亜白が机上の電話を取り、手早く指示を飛ばし始めた。しかし亜白は隊長に就任してまだ間もなく、指揮系統は十全とは言えないようだ。怪獣と戦うともなれば、それこそ猫の手も借りたい状態だろう。だからこそ、その提案は自然に口をついた。

「亜白隊長。よろしければ、僕も現場に出ましょうか」

保科の言葉に、海老名が「あん？」と顔を歪《ゆが》める。

「出張で来てた奴だな？　お前は他部隊だろうが」

「スーツも武器も持ってきてます。余獣の対処くらいなら手伝えるかと」

「にしたってよ……」

何か言いたそうな海老名に、亜白が口を挟む。

「保科、第3部隊隊長として私からも是非お願いしたい。君の部隊長にも話を通しておく」

「隊長、よろしいんですか⁉」海老名が大声で叫ぶ。「怪獣の推定フォルティチュードからして危険な作戦になりますよ」

「彼は近接戦のエキスパート。大いに役立ってくれるはずだ。保科、そうだろう？」

亜白の問いに、保科はこくりと頷く。

「ええ。小型怪獣の討伐において、僕の右に出る者はおりません」

3

亜白の命により、保科は海老名小隊に組み込まれることになった。輸送車両に乗り合わせ、現場である青梅市北西部へと向かう。

車両内で保科が本を読んでいると、「おい」と海老名が声をかけてきた。彼は顔に大きな傷があり、堅気《かたぎ》には見えない厳《いか》つい容貌をしている。

「随分と余裕じゃねえか」

「気に障ったのならしまいます。ちょっとしたルーティンなんです」

子供の時分より読書家だった保科だ。任務前にこうして心を落ち着けることがあった。手にしているのは『ルバイヤート』、ペルシア生まれの学者オマル・ハイヤームが残した四行詩である。

「ルーティンだと⁉」

海老名が立ち上がって怒鳴る。

なんや怒られるんか――と思った保科だが、海老名は椅子に座り直した。

「お前……それは大切じゃねえか。ちゃんとやっとけ！」

「は、はあ……どうも」

読書を再開したものの、海老名はちらちらと保科を見てくる。何か言いたいことでもあるのだろうか。集中できないので、保科は本を閉じた。

「どうかしましたか、海老名小隊長」

「保科……と言ったな。その名前は俺も聞いたことがある。怪獣討伐隊の家系なんだってな。うちの指南役も口を開けばお前の剣術を褒めてた」

「それはどうも」

「だが、お前もわかっているだろう。時代が違う」

「…………」

「援助はありがたいが、お前には後方支援に徹してもらうつもりだ」

「出しゃばるつもりはありません。僕は僕にできることをするつもりです」

自分にできること――即《すなわ》ち怪獣を斬ること。

(それだけが僕がここにいる存在証明や)

仮設拠点は駅近くの駐車場に設置されていた。保科が車両から降りてすぐ、爆音や銃声、怪獣の咆哮《ほうこう》が聞こえてくる。音の方向を見れば空に噴煙が立ち昇っている。

（あっちではもう始まっとるみたいやな）

怪獣の出現地点は、多摩川《たまがわ》の流れる扇状地の扇頂部。山林から現れ、民家を破壊しながら川を下っている。現在は市街地方向へ進行中とのことだ。

「改めて、作戦を伝えるぞ」

保科を含め全十一名の海老名小隊は、討伐区域L《リマ》に配置されていた。

「今回の標的は爬虫類《はちゆうるい》系の怪獣。本獣一体に余獣多数だ。余獣は山間部から出現し、数は目下不明だ。食欲旺盛との報告もあるから注意しろ。俺らの役割は先行小隊が討ち漏らした余獣をこのL地区で食い止めること。一体たりとも逃がすなよ！」

「了！」

周りの隊員たちが威勢よく答えた。保科を除けば皆が小銃を手にしている。

（刀剣なのは僕だけか。年々、肩身《かたみ》が狭くなっていくな）

防衛隊が所有するドローンが山間部へ飛んでいく。逃げ遅れた被災者の発見、怪獣のモニタリングなどを行い、それらの情報はオペレーターを通じて隊員へと伝えられる。隊の連携などを取り持つ上でも大いに役立つため、今では怪獣討伐に必須だ。ドローンは綺麗《きれい》な隊列を作っていたが、一機だけ遅れている。

それを見ていきなり、

「どこの誰じゃ、ごるあぁーっ！」

と海老名が堅気には見えない形相で怒鳴り出した。手にした小銃まで向ける始末だ。

「いや小隊長、何しとるんですか……？」

思わず口出しする保科に、海老名は銃でドローンを示す。

「おう見ろ、あの機体。ウチらのじゃねえぞ」

「あ、ホンマですね」

よく見れば防衛隊のマークがない。現場には防衛隊のドローンが多く飛び交っているが、それらは無秩序ではない。怪獣を刺激しないよう飛ばせる数も決まっているほどだ。

「どっかのマスコミか野次馬だ。ったく、民間のドローンが怪獣を誘導して、大事故を引き起こしたこともあるってのに。ごらあ、止めねえか！」

（この剣幕、やっぱ裏稼業の人なんやないか……？）

「まったくもう。隊長、落ち着いてくださいよ」

一般隊員たちが海老名を宥《なだ》めている。手慣れた様子を見るに、彼の暴れっぷりは隊員からすればいつものことらしい。

そのとき、海老名小隊にオペレーターから通信が入った。

『L地区、南方に余獣の出現を確認！』

「わかった、お前ら行くぞ！　怪獣どもの好きにさせんな！」

指示があったのは青梅線の線路内だ。保科たちは、フェンスを飛び越えて線路に入る。

『目標との距離五百メートル。数は四体！』

地響きのような音が聞こえてきた。線路の遠方に砂煙が見え始める。四体もの怪獣が重なり、我先にとこちらへ向かっていた。一体当たりの全長はおよそ五メートル。体色は黒、眼《め》は見開かれ、口から大量の唾液を垂らしていた。頭部には襟巻のような形状の器官がある。

(なかなか素早い動きをしとるな)

保科は腰《こし》の刀に手をかける。

「目標発見！　頭部に照準を合わせろ！」

海老名の掛け声で、隊員たちが横一列に並び銃を構える。

「撃て！」

ババババ――と一斉に炸裂《さくれつ》弾が掃射される。怪獣相手に対しては四肢と頭部を狙うのが定石だが、この余獣は動きが素早い。四肢を狙うのが困難と判断した海老名は、頭部に狙いを絞った。その作戦は功を奏したようだ。隊員たちの掃射した炸裂弾は頭部に着弾、怪獣の眼が焼かれる。怪獣はけたたましい悲鳴を上げて立ち止まる。

「続けて、撃て！」

もだえる怪獣に対し、なおも射撃は続く。怪獣の身体が爆《は》ぜていく。最前列にいた一体が地面へ倒れた。後ろの二体は死骸を飛び越えて向かってくる。

だが群れの後方、陰に隠れていた一体は方向転換した。線路のフェンスを軽々と突き倒し、民家へと突っ込む。家を突っ切りながら、怪獣は麓《ふもと》へと進行を始めた。

海老名の指示により何人かの隊員が銃撃したが、既に射程外だ。

「くそ！　逃したか！」

目の前にはなおも進行してくる二体の怪獣。小隊の隊員総出でなんとか止めている状態だ。あっちに人員を割けば、こちらが突破されかねない。

「海老名小隊だ！　一体討ち漏らした。松浦《まつうら》小隊、対処を――」

「僕が行きます」

「⁉　あ、おい！」

保科は線路から飛び出した。屋根を伝い、家屋を破壊しながら進行する怪獣を追い越し、先回りをして道路の真ん中に立つ。

家を吹き飛ばし、粉塵《ふんじん》の中から怪獣が姿を現す。黒板を爪《つめ》で引っ掻いたような甲高《かんだか》い声音を出している。大きく開いた口には歯が一つもない。

「歯医者いらずやな。羨ましい」

怪獣は、こちらめがけて突っ込んでくる。保科は頭身を低くし、地面を這《は》うように飛び出した。怪獣と地面の僅かな隙間に潜り込む。そのまま後ろ肢《あし》の間から抜け、怪獣の身体を通過した。腰に下げた刀は、既に鞘《さや》から抜かれている。

「手ごたえありや」

振り向けば、頭部がばらりと胴体から分離するところであった。怪獣は大きな音を立てて倒れる。保科は血に濡《ぬ》れた刀をピッと振り払った。

「海老名小隊長、保科です。余獣ですが討伐しました」

『……よ、よくやった！　俺たちも全個体討伐した。帰投しろ』

「了」

自らが討伐した怪獣の横を通り過ぎながら、保科は考えを巡らせる。

（やはり僕の――保科の刀はまだ通じる）

他の隊員や父の指摘する通り、大型怪獣を相手取ることは難しい。だが今回のような小型怪獣、それに障害の多い市街地戦ともなれば保科に分がある。

ドォン、と遠方から大きな音が聞こえた。

（砲撃音……！）

見れば川の上流方向に、大きな襟巻を付けた巨大な怪獣の姿が見えた。後ろ肢で立ち上がっており、全高三十メートルはあるだろう。

(あれが亜白隊長の対処する本獣か)

さすがにあのサイズは保科では太刀打《たちう》ちできない。

小隊に合流しようとしたところで、オペレーターから通信が入る。

『余獣一体が区域Lに侵入！　注意してください！』

十一時方向に道路を駆け下りてくる怪獣が見えた。先ほど討伐した個体と比べて幾分か大きい。全長十メートルはありそうだ。

「僕が近いです。向かいます」

保科は海老名に通信を入れると、怪獣めがけて走った。

(さあ、かかってこんかい)

接敵まで二十メートル。腰に差した刀の鯉口《こいくち》を切る。

しかし、そこで怪獣は急に駆け下りるのを止めた。尻尾《しっぽ》で身体を支えながら、後ろの二足で立ち上がる。怪獣は保科を警戒しているのか、距離を空けたままだ。頭部についている襟巻のような器官がぷくりと膨らんだ。

(……なんや？)

次の瞬間、怪獣は口を開いて首を勢いよく前へと突き出した。黄色みがかった大量の液体を水鉄砲のように射出した。

「な！」

保科は身の危険を感じ、一気に後退した。その判断は正しかったと言える。前方にある液体のかかった街路樹が、じゅっと焼けただれていく。

「……溶解液か！」

保科は街路樹近くの地面にあるものを発見する。液体とともに怪獣の口から飛び出してきたそれは、鹿の頭骨《とうこつ》だ。

『聴け！』海老名から通信が入る。『成熟して襟巻状の器官が十分に発達した個体は強酸性の唾液を射出するそうだ。襟巻の中に唾液を溜《た》め込み、食ったものをどろどろに溶かして消化するらしい。射程距離は二十メートルから四十メートル！』

「……！」

狙撃と違って、保科が怪獣を討伐するためには近寄らざるを得ない。飛び道具を持っているというのは不利な情報だった。

（……それならそれでやりようはある！）

保科は民家の陰へと飛び込んだ。壁伝いに跳ね、怪獣にとって死角となる側面から急襲する。刀を抜く。気づいた怪獣がぎょろりと目を向けるが――。

「遅いわ。僕の間合いやで」

保科は側面から刀を振るった。

「1式、空討《からう》ち」

宙で振り向けば、怪獣の頭部から鮮血が飛び散っている。仕留めた――そう思ったが、頭部は転がり落ちない。胴体と繋《つな》がったままだ。怪獣は踏みとどまっている。

(仕留めきれてない⁉ 首周りの脂肪が分厚かったか!)

襟巻が膨らみ、怪獣が口をすぼめる。

強酸性の液体が来る。空中では身動きが取れない。

(あかん、このままじゃ――)

タタタタ! と掃射の音が聞こえた。

怪獣の動きがぴたりと止まった。表皮は凍結したかのように固まっている。

「撃て!」

近くから海老名の号令が響く。続いて怪獣の頭部で大きな爆発が起こる。

「核は咽頭部《いんとうぶ》の奥だ。集中的に狙え!」

怪獣の喉元《のどもと》に何発もの炸裂弾が着弾する。再び襟巻が膨らむも、一際大きな爆発が起こった。怪獣は空に向かって大きく吠《ほ》えると、後ろ向きに倒れ込んだ。

倒れた怪獣の横を通り、銃を構えた海老名が近づいてきた。

「保科、お前は近くに逃げ遅れた民間人がいないか確認してこい。避難所から子供とはぐれたという通報があった。街のどこかに残っている可能性もある」

「小隊長、僕はまだ戦え――」

「お前の実力はわかった。見事だった。だが、この怪獣を相手にするには向いていない」

「……っ」

「適材適所だ。凍結弾で相手の動きを鈍らせ、そこへ炸裂弾を撃ち込むのが有効だと達《たっ》しがあった。余獣を見つけた場合は、俺たちに知らせるんだ」

「……了」

ドオン、と大きな砲撃音が遠方から響く。上流で大きな噴煙が巻き上がっている。本獣に対して、亜白ミナによる砲撃が続いているのだろう。

（ずっと刀とともに生きてきた）

――もう刀の時代ではないんや。

かつて父に言われたことが、頭の中に響いていた。

（僕から刀を奪ったら、一体何が残るんや――）

4

太陽は山の稜線《りようせん》の向こうへ沈みかけ、街に影が落ちていく。事態は着実に収束へと向かっていた。本獣は亜白ミナにより撃破。残すは各地区を逃げ回る余獣の討伐のみとなっている。その余獣にしても、各小隊の活躍により討伐区域外への侵入を防いでいた。

「予想よりずっと数が多かったな。凍結弾も底をついたし危ないところだった」

海老名は額《ひたい》の汗を拭う。さすがに長丁場となり、小隊の面々にも疲労の色が見える。怪獣の溶解液により負傷して救護所へ向かった隊員もいた。だが、大きな被害は被っていない。

(……第3部隊。見事やな)

保科は静かに息を吐く。小隊だけでなく全体として連携が取れており、怪獣に対して的確に対処している。保科は自ら支援を申し出たが、それは驕《おご》りだったのかもしれない。

「亜白隊長も非の打ち所がないですし――」

保科のぼそりとした呟きを聞き届け、海老名が頷く。

「……そうだな。あれさえなければ」

「あれ？」

見れば、海老名も隊員たちも一様に暗い表情を浮かべている。何か思うところがあるようだ。亜白は容姿も端麗で、人柄も良さそうだった。欠点があるようには見えない――。

「亜白隊長にそんな深刻な懸念点があるんですか？」

「そうだ。あの人は、あの人は、あの人は――」

その深刻そうな様子に、保科は思わず生唾《なまつば》を飲み込む。

海老名は、声を振り絞るように言った。

「料理が壊滅的に駄目なんだ！」

「……は？」

周りの隊員たちもうんうんと頷いている。

「料理ですか？　深刻な顔することでも――」

「深刻に決まってるだろ！」海老名は大声で叫ぶ。「山岳地でのキャンプ訓練があった。隊員たちでカレーを作ったんだが、あの人がいた班は本当に大変だった。鍋に野菜を切りもせず、丸ごとぶち込もうとするんだよ！」

「……そないなことする人います？」

「いたんだよ！　天然じゃない、本人も包丁が使えないから仕方なくそうしてるんだ。実際に持たせてみたらえらいことになった。人死にが出るかと思ったわ」

「どんな現場やったんですか……」

「包丁が使えないなら、せめてピーラーで皮むきをお願いします、って伝えたんだぞ俺たちは。そうしたらあの人は真面目な顔で言うんだ。私は刃物が使えない、ってな！」

「ピーラーって刃物にカウントするんですか……？」

「まったく、本当にあの人は――」

海老名に続き、他の隊員たちも次々と文句を言い始める。ここまで言われるあたり、料理の腕は壊滅的に酷《ひど》いらしい。包丁も握りたくないという言葉は事実だったようだ。

（好かれとるんやな）

亜白は隊長としてはまだ若い。だが隊員たちは皆、彼女を好ましく思っているようだ。

「……よし。この地域は大丈夫そうだな。仮設拠点へと戻るぞ」

「そうですね。もう余獣も残ってなさそうやし――」

背後から物音がした。保科は刀に手をかけ素早く振り返る。山へと延びる通りに面した一軒家、その庭先に一人の少年がいた。腕には一匹のダックスフントを抱いている。

「あれは……まだ隠れとったんか」

「避難所から捜索要請が出ていた子だな。外見や服装の特徴も一致する」

「逃げた犬を追っていた……ちゅうところですかね。怪我《けが》もなさそうです」

少年はこちらを恐々と窺っている。

「大丈夫や。よう頑張ったな、こっちへ来《き》」

保科の言葉に少年はこくりと頷いた。こちらへ歩いてくるが、突然、抱いている犬が声《こわ》高《だか》に吠え出した。まるで何かに怯《おび》えているようだ。

そのときである。保科たちにオペレーターから通信が入った。

『海老名小隊！』声は切羽詰まっている。『注意してください！　討伐区域Lに――』

伝令が終わる前――突如として目の前を大きな黒い影が横切った。

全長十メートルを超える怪獣である。

「な！」

少年が腕から犬を放す。息もつかせぬまま、余獣は大きな口を開け少年を丸呑《まるの》みにした。

「――っ！」

飛び出そうとした保科に対し、余獣は顔を向けて大量の唾液を噴き出した。家々や樹々に液体がかかり、蒸気が噴出する。そのまま山間部へ全力疾走していく。

「……！　撃て！　撃て！」

海老名の指揮が飛び、隊員たちは怪獣の背へ向けて銃撃した。だが、怪獣の姿は既に点のように小さくなっている。射程距離外だ。

『討伐区域Ｌに——余獣の出現が確認されました！　周囲に警戒してください！』

夕焼けが照らす人気《ひとけ》が途絶えた街。そこに飼い主がいなくなった小型犬の鳴き声、そしてオペレーターの通信のみが虚《むな》しく響いていた。

「……僕が行きます！」

今なら、全力で走れば追いつける。そう判断して飛び出そうとした保科だが、後ろから強い力で肩を摑《つか》まれる。海老名が険しい表情でこちらを見ていた。

「よせ、保科」

「止めんでください」

「……凍結弾はない。俺たちで相手取るのは分が悪い。他小隊の到着を待つんだ」

「応援が駆けつけるまでに、食われたあの子はどうなるんです」

あの余獣は十分に成熟していた。唾液も口の中にたっぷり溜まっているだろう。ましてや食われたのは子供。消化されるまでには幾何《いくばく》の猶予もない。

「今、僕らがここで追わな——」

「駄目だ、俺が許さん」

「どうしてですか！」

「お前では勝てないからだ」

「……！」

「あの個体は余獣の中でもかなりの大型だ。お前ではきついだろう。身を預かっている隊員を、勝算のない戦いには出さん」

「それで子供が死んでも、いいって言うんですか！」

「……いいわけがないだろう！」

海老名が大声で叫んだ。その身体は震え、噛みしめた唇《くちびる》からは血が流れている。

「いいわけがないが、駄目なんだ。お前には行かせられん……」

「…………」

目の前で民間人が襲われたのだ。悔しくないはずがない。本来ならば自分も追いたいと思っているのかもしれない。だが、海老名は小隊をまとめ上げる立場だ。その思いを押し殺し、状況を冷静に見て、自分に何ができるのかを判断している。

（なるほど、部下から慕われるわけや）

保科は海老名を真っ直《ま》ぐ《す》に見つめた。

「……海老名小隊長の指示はようわかりました。その上で、僕に行かせてください」

「お前、何を言って――」

『保科宗四郎』

突如、通信が割り込んだ。

「その声、亜白隊長ですか?」と保科。

『こちらの余獣を片付ければ私が向かえる。それでは保《も》たないか?』

「きついですね。一刻を争います」

『保科──お前にその怪獣を倒せるか?』

「……僕ならあの子を助けられます」

保科はそこで通信を切断した。

「すみません、海老名小隊長」

「おい、保科! 待て!」

海老名の制止の声を振り切り、駆け出していた。屋根へと飛び乗り、今はもう小さな黒い点と化した怪獣を全速力で追う。

──おとんみたいな強い隊員になりたい。

子供の保科がそう言うと、父は笑って頭を撫《な》でてくれた。保科の父は防衛隊員であり、優れた剣技で数多《あまた》の怪獣を屠《ほふ》り、小隊長にまで上り詰めた。だが、とある討伐作戦に参加した後、彼は一線を退いて刀伐術指南役となる。大きな怪我はなかったにもかかわらずだ。

その日、保科は庭先で剣術の訓練をしていた。その様子を見守る父に、保科は防衛隊員になりたいと告げた。いつものように頭を撫でてくれると期待していた。

座敷に保科を呼び出すと、父は寂し気な表情でこう言った。

――諦めろ、宗四郎。この時代に刀だけでは守れるもんも守れへん。

最後の作戦で何が起こったのか、保科は聞けなかった。だが、父の表情と言葉は全てを物語っているように思えた。

現在の防衛隊の主流は銃器だ。炸裂弾、凍結弾、発雷弾――弾薬を使い分けることで、様々な怪獣に対処可能だ。安全圏から攻撃できるため、近接武器がメインウェポンだったときよりも作戦中の負傷者は減っている。

保科は腰の刀に手をやる。

(もう刀の時代が終わってるなんてことは、この僕が一番ようわかっとる)

現代の怪獣討伐において、刀はメインにはなり得ない。

(でも、それでも僕にはこれしかないんや)

雨の日も、雪の日も、誕生日も、正月も――幼い頃から、毎日、刀だけを振るい生きてきた。刀のことだけを考え続けて生きてきた。その刀で、培ってきた刀伐術で、この細い鉄の塊で救えるものが少しでも残っているのならば。

（僕が刀を振るわなあかんやろ）

怪獣の後ろ姿が見えてきた。既に山の手前まで差し掛かっている。このまま山奥に入られれば討伐するのは困難を極める。

「ここで必ず仕留めたる」

保科はピンを抜き、音響閃光手榴弾《スタングレネード》を投擲《とうてき》した。空中で激しい閃光《せんこう》と音が鳴り響く。怪獣がこちらを向き、その巨大な目玉が保科を捉える。

首周りには襟巻状の器官が膨らんでいる。あそこにはたっぷりと溶解液が溜められ、子供が閉じ込められている。今この瞬間も身体を焼かれているはずだ。

保科は地を這うように飛び出した。怪獣の吐き出す唾液をかわして接近する。

（ええぞ、どんどん吐け！　吐けばその分、食われた子を溶かす時間も長くなる！）

先ほどの経験から、このサイズの個体は一撃で斬り落とせないことはわかっている。とすれば、狙うは咽頭奥にある核一点だ。

保科は地面を蹴って飛んだ。怪獣の喉元に接近して、刀を引き抜く。

「1式、空討ち！」

交差ざまに振り返る。怪獣の首筋に一条の線が走り、血液が噴き出した。核から位置がずれている。おまけに分厚い皮下脂肪に阻まれ、致命傷にもなっていない。

（身体を捻《ひね》って避けたか。この個体さっきまでの余獣とは違う！　潜んでたことといい、ある程度の知恵を付けとるみたいやな……！）

振り払われた尻尾が、宙にいた保科の身体に叩きつけられた。勢いよく吹き飛び、地面へと激突する。

「かっ……！」

肺《はい》の中の空気全てが吐き出される。立ち上がろうとするも、身体は思うように動かない。長時間戦力を解放し続けていたことにより、スーツは駆動限界《オーバーヒート》寸前だ。

（これじゃあさっきまでの速さは出せん……！）

ずしん、という腹の奥にまで響く地響き。怪獣が保科へ近づいてきた。口元から溢《あふ》れた唾液は地面に落ち、じゅうじゅう音を立てている。

保科はなんとか最後の力を振り絞り、動こうとしたが――。

「……止めや、もう」

逃げるのを諦めることにした。保科は迫りくる怪獣を見上げる。刀を下ろし、抵抗の素振りすら見せない。

怪獣が大きな口を開けた。饐《す》えたような口臭が漂う。保科は自らの命を放棄したかのように、そのまま丸呑みにされる。口内は光がまるで届かない暗闇だ。じゅわっと、素肌に焼けるような痛みが走る。唾液が保科の身体を蝕《むしば》んでいた。

「うう……いぃたいぃ……ぃ」

暗闇から子供の呻《うめ》き声が聞こえた。まだ生きている。声の方向へ手を伸ばす。子供と保科の手ががっちり触れ合った。

ああ、痛かっただろう、辛《つら》かっただろう。

——だから。

「あとは僕に任しとき」

皮下脂肪に遮られ、外部からの攻撃は届かなかった。では、無数の毛細血管がひしめき合う内部からならどうか。

スーツの全戦力を解放。保科は渾身《こんしん》の力を籠め、刀を振るった。

「4式、乱討《らんう》ち！」

つんざくような怪獣の悲鳴が轟き、視界に夕陽《ゆうひ》の光が差し込む。頬袋が裂け、外へと飛び出したのだ。子供を身体に抱えながら保科は刀を構える。目の前は怪獣の喉元だ。

「この近距離なら避けようがないやろ！　核にも届く！」

幼い頃から鍛錬を重ねてきた保科の剣技。近接戦において絶大な威力を誇るその一撃の名は6式――八重討《やえう》ち。1式とは比較にならない威力のこの剣技ならば、このサイズの余獣でも屠れる。狙いは外さなかった。怪獣の表皮に花弁のような裂け目が広がる。

確実に仕留めた。

そう思ったが、怪獣は倒れなかった。表皮は斬れても、奥の核にはぎりぎり届いていない。そうなった理由は明白だった。保科の手にした刀は腐食している。怪獣の唾液が、刀の切れ味を鈍らせていた。

「クソッ」

保科は子供を強く抱きかかえ、地面に落ちる。全解放解除――スーツの駆動限界だ。先ほどの一撃は、渾身の力を振り絞ったものだ。身体はぴくりとも動かない。

怪獣は破れた頬袋から血を滴らせながら、保科を強く睨《にら》んでいた。その眼は自らを傷つけた生物に対する憎悪で燃えているかのようだ。

(……卑怯《ひきょう》もんやな、僕は)

――お前にその怪獣を倒せるか?

亜白の問いに、保科は「僕ならあの子を助けられます」と答えた。無意識だったが、自分でもわかっていたのかもしれない。このような大きな怪獣を決して倒せないことが。

怪獣が保科めがけて巨大な前肢を振り下ろす。今の保科はただの生身の人間だ。踏み潰されればひとたまりもない。

(ここまでか。せめてこの子だけでも……!)

保科が子供を遠くへ飛ばそうとしたそのときだった。

空気が、震えた。

眼前すぐに迫っていた怪獣、その上半身が丸々吹き飛んでいた。

「……は?」

その光景から遅れて、射撃音が届く。弾速が音速を追い越した結果だ。鮮血を噴き出す怪獣の下半身が傾き、地に崩れ落ちる。

目の前で何が起こったかわからず、保科は茫然《ぼうぜん》とするしかなかった。

『保科、感謝する』

ぶぶ、と通信が届く。無理やり回線を開かれたらしい。

『君が子供を助け出してくれたから、こうして怪獣の核を撃ち抜くことができた』

凛とした力強い亜白の声が、耳に届いていた。

「亜白隊長……」

遠くのマンションを見れば、その屋上には銃を構えた亜白が立っていた。大口径の銃口からは白煙が昇っている。

(タイミングが良すぎやろ。……まさか、信じてくれてたんか？)

――僕ならあの子を助けられます。

発言者である保科自身でさえ信じられなかった言葉を、亜白ミナは実直に信じ続けていた。だからこそ屋上で待ち構え、子供を助け出した直後に射撃へと移れたのだ。

「保科！　生きてるか！」

声の方を見れば、海老名たちが走って来ていた。怪獣が撃たれてから近づいたにしては早すぎる。保科が飛び出した後すぐに追ってきたのだ。弾薬は尽きかけていたというのに。

(揃《そろ》いも揃って、なんちゅう部隊――)

身体中に痛みを感じた。保科は目を閉じ、眠りの底に落ちていく。

5

その二日後、保科は防衛隊の職域病院にいた。頭や足には包帯を巻いていたが、怪我の程度は軽くすぐに退院できるとのことだった。

保科はベッドの上で新聞を広げた。一面は先日の討伐作戦についての記事で、亜白が部隊を指揮している写真が載っている。亜白ミナの指揮下で、防衛隊第3部隊は余獣を掃討。

被害は最小限に抑えられ、復興作業が進められているとのことだ。

病室の扉がノックされる。

「はい、どうぞ」

看護師かと思って答えたが、入ってきたのは亜白と海老名だった。

「亜白隊長……！　小隊長まで」

敬礼する保科に、亜白は笑いかける。

「そう硬くならなくていい。近くに所用があり立ち寄らせてもらった」

亜白はベッド近くの椅子に腰かけた。フルーツ詰め合わせが入った籠を机に置く。

「ありがとうございます。僕なんかのためにわざわざ見舞いまで」

「用件はそれだけではない」

「……？」

「保科宗四郎隊員、青海討伐作戦における助力、第３部隊隊長として改めて感謝する」

亜白は深々と頭を下げた。

「……止《よ》してください！　僕は防衛隊員として、自分にできることをしただけです。それに感謝どころか、僕はあの現場でろくに貢献することもできませんでした」

亜白の後ろで直立する海老名が補足する。

「助け出された子供に大きな怪我はなかった。回復に向かっているようだぞ」

「それは……良かったです」

「保科、君はやはり刀のスペシャリストだった」亜白は保科を真っ直ぐに見つめた。「子供の命を救ったのは間違いなく君だ。さて、まだ返事を聞いていなかったな」

「……返事？」

亜白は、保科の前に手を差し伸べた。

「私の部隊に来ないか、保科」

亜白の言葉に、心は再び揺れる。

隊長室で同じことを言われたときは、社交辞令の類いだと思った。だが亜白ミナは世辞でもなく、本当に保科の剣技を必要としてくれている。

しかし、素直に頷くことはできなかった。

「ありがたい提案ですけど、正直迷っとります。僕には刀しか能がない。だけれど、今回の作戦ではその刀すら役に立ちませんでしたから……」

「保科、お前の刀はこれ以上進化しないのか？」

「え？　いえ……そんなことは、ありません」

武の道に終わりというものはない、と保科は思っている。昨日よりも明日の自分が強く

あれ。そう思いながら日々刀を振るっている。

「ならば保科、お前はさらに剣術を磨けばいい。私の部隊に来て、その道を究めろ」

「……！」

今の保科の実力が足りていないと知った上でなお、保科を部隊へと招いた。そんなことを言われたのは初めてだ。

もちろん、父や上司が言うことも一理ある。保科がどれだけ刀を究めても、銃器の解放戦力が低いことは不利だ。一人で大型怪獣の相手をするのは厳しいだろう。だが保科はある思いを抱いていた。

（僕が倒す必要はない）

大怪獣を押し留《とど》める保科と他の隊員、そこに駆けつける隊長——亜白ミナまで繋げばきっと彼女が最後に怪獣を倒してくれる。そんな幻想めいた未来が脳裏を過る。

保科はふっと、笑う。

「僕は今まで、部隊の中でも腫物《はれもの》同然の扱いでした。そんな僕でも役に立つ言うんなら——ぜひ第3部隊に入らせて頂きたく思います」

「決まりだな」

差し出した亜白の手を、保科は固く握った。

「さて、私はお暇《いとま》しよう。君の部隊長にも話を通さなければならないな」

「多分、大丈夫ですよ。僕は前線を退けと口を酸《す》っぱくして言われてるほどですから」

「それと保科、もう一つ言いたいことがある。今回の任務において、君は小隊長である海老名の命令を振り切って独断行動に走ったな？　さすがに不問にはできない」

「あー……」

「退院し私の部隊に入ったら、たっぷりしごいてやろう」

「俺も容赦しねえぞ」と海老名。

保科はベッドの上で腹を押さえて苦笑する。

「……はは。まったく、おもろい部隊になりそうやで」

6

「はあああああっ！」

道場にて、向かってくるキコルの打ち込みを捌《さば》きながら、保科は思う。

（……っと。大したもんやで）

キコルの一発一発は速く、鋭かった。葵ほどの威力はないが、その華麗な足さばきをもって適切に距離を詰めてくる。アグレッシブにしてテクニシャンだった。

(それでもまだまだ、粗削《あらけず》りやけどな)

距離を取る二人だが、保科から間合いを詰める。それをキコルは見逃さない。合わせるように前に出て、保科の小手を狙う。並みの相手ならこれで一本決まっただろう。

だが、彼女の剣は空を切った。送り足で下がり、小手をかわした保科は、既に竹刀を振り上げていた。竹刀を下げ無防備となった彼女の面に打ち込む。小手抜き面――一本である。

「……っ!」

「さすがやな。ただ、予備動作が少し大きすぎる。隙だらけやで」

「……! ありがとう、ございました」

キコルは頭を下げて礼を述べるも、その声はムスッとしている。

(……本当に負けず嫌いやな。ここからさらに伸びそうや)

「おら、どうした新人! もっと勢いよく来ねえか!」

大きな胴間声《どうまごえ》が道場に響いた。小隊長の海老名が新人と打ち合っている。当時は新任だった彼も今ではもうベテランだ。変わらぬその口調と強面《こわもて》の顔に、保科は笑う。

壁の時計を見れば、時刻は既に午後九時を回っている。保科はぱんぱんと手を叩いた。

「少し長引きすぎたな。片付けて撤収しよか」

（それにしても、懐かしいことを思い出したわ）

自分の刀を信じ、あるいは信じきれずに、がむしゃらに走り回っていた青い時代。保科の成長を信じ、必要としてくれた亜白。だから彼はこの第3部隊へ来ることを選んだ。

（ま、その先も色々あったし……むしろそこからが大変やったけどな）

先の記憶は保科が第3部隊に来たきっかけにすぎない。保科が亜白とともに任務をこなし全幅の信頼を寄せるまでにはもう一波乱あるのだが——それはまた別の話だ。

と、保科は道場の扉付近にある人影を発見した。近づいて声をかける。

「なんや隊長、どうかしたんですか？」

防衛隊のスーツを着た亜白は淡々とした表情で首を横に振る。

「少し話したいことがあったが、また明日にしよう」

「いえ、大丈夫ですよ。ちょうど終わったとこですし」

亜白は無言で腕を上げ、保科の後ろを指さした。

「ん？」

と思って振り向けば、カフカがこちらを見つめていた。先ほどぼろ負けしたにもかかわらず、その目には燃えるような闘志が宿っている。

「すみません、保科副隊長。最後にもう一試合お願いできませんか！」

次いで後ろに立つレノも言う。

「俺もお願いします」

もう今日は終《しま》いや——と言いたかった。しかし、二人の目を見ているとそんな思いは消え失せた。保科は腰に手を当て、ため息を吐く。

「しゃあないな。あと一本だけやで」

「ありがとうございます！」

カフカが竹刀を構える。キコルと比べれば素人丸出しで隙だらけだ。基礎からしてなっていない。何十回とやっても、保科から一本も取れないだろう。

（立派なのは気迫くらいのもんやな）

亜白ミナの隣に立つ——カフカはそんな無謀とも言える思いを抱いている。だが、現実とは得てして非情なものだ、と保科は考える。どれほど強い意志があろうとも、どれほど努力を重ねようと、それは夢の成就を保証しない。

解放戦力1％である最高齢の新人が亜白に並ぶ可能性は、限りなくゼロだ。気迫だけでどうにかなるものではない。

（諦めなければ夢は叶《かな》うなんて、真正面から言えないくらいには僕は世間擦れしとる）

ただ一つだけはっきりと言えることがある。諦めた者にその先はない。可能性は限りなくゼロでも、止まらぬ限りはそこへ一歩ずつ近づける。たとえ遅々とした歩みでも。保科はそれを知っていた。

保科は竹刀を構え、にやりと笑う。

「かかって来い、ヒヨッコ」

この雛鳥《ひなどり》たちがどう育つかは、保科にさえもまだわからないのだ。

CHAPTER 4

候補生・日比野カフカ

1

「日比野《ひびの》隊員、インタビューよろしいですか」

「あ、はい……！」

　取材一日目の射撃訓練場。キコルとレノへのインタビューが終わり、カフカはディレクターからマイクを向けられていた。緊張のためか、口内がやけに乾いている。

「日比野隊員は三十二歳で入隊とのことですが、隊員生活はどうですか？」

「……そうですね。えっと、体力的な問題もあって正直辛《つら》い点も多々あります。周りは若い隊員ばかりですから。でも、食らいついていこうと思ってます……！」

「防衛隊に入る前はどのようなお仕事を？」

「あ、怪獣解体業者で働いてました。えっと、モンスタースイーパーっていう」

「なるほど、前職も怪獣に関連があるご職業だったんですね。そこで経験を積み、自らの力を防衛隊で活《い》かそうと思った、ということでしょうか？」

「あ、えっと、少しだけ違って。前職の経験を活かしたいというのは、もちろんなんですけど防衛隊に入るのはそれこそ……小学生からの目標だったんです。過去には何度も試験を受けてたんですけど、落ちちまっ――あ、落ちてしまっていて！」

身体《からだ》はじんわりと汗ばみ、返答はしどろもどろだ。カフカの緊張した様子を見て、ディレクターも苦笑いを浮かべている。

（駄目だ、やっぱこういうインタビューは慣れてないんだよな俺……！　早く終わってくれねえかな……！）

そんなことを考えていた矢先、ディレクターが質問をした。

「小学生からの目標ですか。では、何かきっかけが？」

「………………」

つっかえた返答ばかりだったが、このときはすらりと口をついた。

「当時、俺が住んでいた地域も怪獣によって被災して。幼馴染《おさななじみ》の家も壊されたんです。それで一緒にいた幼馴染と誓ったんです。防衛隊員になって怪獣をぶっ倒そうって」

街路樹、道路、家屋、公園、学校――怪獣という圧倒的な力を前にして、自分たちが暮らしてきた街が壊されていく。カフカは今でもあの光景をはっきりと思い出せる。そんな絶望を前にしても心は折れず、防衛隊員になることを誓った。

しかし現実は厳しく、カフカは試験に落ち続けた。年齢制限もあり諦めていたが――レノと出会い、再び防衛隊員を目指したのだ。

「はい、どうも。訓練中にすみませんでした」

「こ、こちらこそ。ありがとうございました！」

キコルにインタビューの感想を求めると、彼女はばっさりと答えた。

「そうね。緊張してえっとを多用しすぎ。カットされるか使われないわよ」

「お前ほど慣れっこじゃないんだよ！」

カフカは静かに拳《こぶし》を握りしめる。今はまだ届かない。だがそれでも心の中で誓う。

（いつかミナの、あいつの隣に並んでみせる）

2

テレビ取材も五日目となり、残すところ今日一日となっていた。スケジュールはつつがなく進行し、これまで大きな問題も見られていない。

「それで隊長、話とはなんです？」

保科《ほしな》は朝早くから隊長室を訪れていた。昨夜の道場で、亜白《あしろ》が何か話を持ち掛けようとしていたためだ。彼女は執務机で書類に目を通している。背後にある窓ガラスの向こうに見える空は暗く、今にも雨が降り出しそうだ。

「来週だが、有明《ありあけ》りんかい基地への出張が決まった」

「このタイミング……二体の識別怪獣の件ですか」

「ああ」亜白は頷《うなず》く。「上層部も事態を重く見ているようだ。本来ならお前にも同席してもらいたいが、状況が状況だ。その間の基地はお前に任せるぞ」

「了解です。斑鳩《いかるが》や四ノ宮《しのみや》にはさすがに荷が重すぎますからね」

西東京《にしとうきょう》の区域一帯で目撃されている怪獣8号および怪獣9号。それらを未討伐のまま第3部隊の最大戦力である二人が基地を空けるのは非常に危険だ。

「出張、どうかお気を付けて。それでは、僕は戻らせてもらいます」

保科が部屋を辞そうとすると、亜白が話しかけてきた。

「……取材の方はどうだ？」

「順調ですよ。四ノ宮に出雲《いずも》、神楽木《かぐらぎ》に古橋《ふるはし》、それに市川《いちかわ》と今年は粒ぞろいですからね。向こうさんも撮りがいを感じているのか、かなり張り切っとります」

「そうか」

「ああそれと、日比野もわりかし注目されてます」

「…………」

「新人では最高齢ですし、テレビ的にも扱いやすいんでしょう。あいつも正隊員への昇格が決まって頑張っとります。空回りしてることも多いですが……ん？」

亜白は何もコメントしなかった。黙々と書類に目を通している。しかし保科には、彼女の口元が僅かに緩んだかのように見えた。

「私の辞令が出るまでは正隊員ではないことは告げてあるか？」

「え、ええ……。辞令は来週でしたか？」

そのとき、亜白の机に置かれた電話が鳴った。彼女は1コールでそれを取る。その表情はいつもと変わらず冷静沈着だ。

（なんや。さっきの笑みは見間違いか……？）

「亜白だ。小此木《おこのぎ》か。——わかった」

その声色で、保科もすぐに事態を飲み込んだ。

「隊長、出番ですか？」

「ああ。すぐに招集をかけろ」

窓ガラスにはぽつぽつと雨滴が当たっていた。

「雨か……」食堂で朝食を摂《と》っていたカフカは、外を見て気怠《けだる》そうに呟《つぶや》く。「午前は射撃訓練だったよな。雨の日は嫌なんだよな。地面は滑るし、銃の持ち手も冷たいし……」

正面に座るレノは、納豆をかき混ぜながら答える。

「仕方ないですよ。現場で怪獣を討伐する際も好天ばかりではないですし」

「そうだな。モンスタースイーパー時代も辛かったな……」

「積雪のときなんて最悪でしたからね……」

「……でも、市川の言う通りだ。怪獣はこっちの事情なんかお構いなしだからな」

向こうの席に目をやれば、取材班が朝食の様子を撮影していた。

「取材も今日で終わりか。長いようであっという間だったな」

結局、カフカはカメラの前で良い場面を見せられていない。一日目のインタビューはしどろもどろ、二日目の障害走は最後尾だった。昨日の剣術訓練でも、結局は保科に一太刀《ひとたち》も入れることができなかった。

「最終日くらい少しいいところ見せたいけどな……」

「なに言ってるの。変に気張るとまたろくなことにならないわよ」

後ろから、空のトレイを運ぶキコルが声をかけた。傍らにはあかりとハクアも一緒だ。

「キコル、どういう意味だよそれ」

「あんたのことだし空回りするでしょ。気張らず訓練をしてればいいのよ」

彼女は周囲に聞こえないよう、こっそり耳打ちする。

（いい？　最終日なんだから尻尾《しっぽ》を出さないように大人しくしてなさい）

（ああ、そうだな。ま、尻尾というよりは角だけどな）

「身体的な特徴を言ってるんじゃないわよ！」

思わず大声を出したキコルに視線が集まる。

「きこるん、どうしたの？」と後ろのあかりも首を傾《かし》げている。

キコルは頰《ほお》を赤らめ、誤魔化すようにこほんと咳払《せきばら》いした。

（とにかく、気を付けなさいよね）

（そんな声出すなって。冗談だろ？）

（……日比野カフカ。あんたそのうち、しょうもないおやじギャグとか言い出しそうね）

（……は、ははっ。さすがに言うわけないだろ）

カフカがまだ小学生の頃、おやじギャグを連発する担任がいた。将来あんなつまらないダジャレは口にしないぞ、と誓った記憶がある。

「な、なあ市川。俺のさっきの冗談も別にそこまで寒くないよな？」

思わず不安になり、対面で白米を口に運ぶレノに問いかける。

「まあ、ぼちぼちですね」

「だよな、ぼちぼち……」

「冬の日本海側《にほんかい》って感じでしたね」

「極寒じゃねえか！」

「でも先輩、四ノ宮の言うように本当に気を付けた方がいいですよ。……怪獣化に関しては」

「それは……そうだな」

キコルもレノも、この数日カフカに対していつも以上に気を遣ってくれている。レノなんて、今でも怪獣8号のお面を持ち歩いているほどだ。

「ま、大丈夫だ。さすがに初日みたいなへまはしないさ」

そのとき、ジリリリリリリ――と食堂に大きな警報音が響いた。

「これって……!?」

つい三週間ほど前の相模原《さがみはら》討伐作戦のときと同じだ。

『怪獣発生、怪獣発生。隊員は直ちに出撃の準備をせよ』

オペレーターの声が響くやいなや、食堂の隊員たちは外へと向かった。レノとカフカも顔を見合わせると立ち上がり、食事も途中のまま外へと飛び出る。

轟轟《ごうごう》と雨が降る中、パーカーのフードを被《かぶ》った保科が歩いてくる。

「第3部隊、総員出撃や。すぐに準備へ移れ」

「了！」

カフカたちは敬礼で答えた。

3

大規模な輸送車の列が山道を登っていた。中には武器や救護用品、そして第3部隊の隊員たちが詰め込まれている。車に揺られながら、カフカは腹を押さえ呻《うめ》いていた。

「うう……」

それを見た保科は呆《あき》れ気味に言う。

「なんやカフカ、また前みたいに飯の食いすぎか？」

「い、いえ。むしろ今日は朝食の途中だったので腹が減っているというか……！」

ぐぎゅるるる、とカフカの腹の音が車内に響く。

「食いすぎたり腹減ったり、極端な奴《やつ》やな……」

山道の揺れや振動が身体に響く。

（やばいな、少し気分が悪くなってきたぞ……）

カフカは、スーツの下がじんわりと汗ばんでいることに気づく。車が現場へと近づくにつれ、自らの鼓動が大きくなってきた。

そのとき、横から肩《かた》を叩《たた》かれる。隣のレノが、チョコレートバーを差し出していた。

「先輩、これ。食べてください」

「いいのか？　お前のだろ」

「俺は大丈夫です。それに先輩、言ってたじゃないですか。食べるときに食べなきゃ、後になってきついですよ」

それはレノがバイトに入った初日にカフカがかけた言葉だった。

「そんなことよく覚えてたな」

「覚えてますよ、そりゃ」

「……ありがとな、市川」

カフカは礼を言ってそれを受け取ると、がつがつ食べ始めた。

（少し落ち着いてきた。それに俺には俺の武器がある。現場でできることをするんだ）

辞令こそまだだが、相模原では前線に出て怪獣の急所を素早く見抜いたことにより正隊員として認められたのだ。多少の自信は付いている。

「保科副隊長！　俺は今回も現場で怪獣の核の特定、そして情報共有するつもりです！」

カフカが力強く宣言すると、保科もそれに頷いた。

「いい心がけや。ただ今回それは不要やな。怪獣の核の位置は既に割れとる」

「ええ!?」

カフカは思わず転げ落ちそうになる。

「現場の怪獣の映像を見て、さっき解析班から連絡があった。今回の怪獣は一週間前に斑鳩小隊が討伐したのと同系統や」

「そうなんですか……」

いや、むしろ喜ばしいことだ。この時点で核の位置がわかっていれば、それだけ怪獣へ対処しやすくなる。防衛隊解析班が収集してきたデータの賜物《たまもの》だ。

「だがそれ以外にもできることはある、そうやろ?」

「……！　はいっ！」

保科の問いにカフカは力強く返事した。解析だけが仕事ではない。ダメージを受けている余獣《よじゅう》の無力化、他隊員のサポートなどできることは多くあった。もう何度したかわからないが、小銃や、スーツのチェックを念入りに行う。

と、そこでカフカは、正面に座るキコルが先ほどから無言なことに気づく。彼女は頬杖《ほおづえ》を突き、むすっとした表情を浮かべていた。

「……どうしたんだキコル?」

「どうしたって何がよ」

「いや、なんか機嫌悪そうだと思って」

「別に……そんなことないけど」

「朝飯ちゃんと食えなかったとか？」

「……あんたと一緒にしないでほしいんだけど」

「な！　朝飯は大事だろお前！」

騒ぐカフカの前でキコルははあ、と大きなため息を吐《つ》いた。


キコルの機嫌が悪いのは、出発の直前に保科が告げたある一言が原因だった。

「はあ⁉　今回、私の専用武器って使えないんですか⁉」

大声を上げたキコルに対して、保科は冷静に頷く。

「残念やけどな。あの大斧《おおおの》は出雲テックスさんに送り返したばかりや。微調整が必要らしい。今回は銃火器で対応してくれるか？」

「せっかく斧術《ふじゅつ》も学んだのに！　じゃあ大剣の方は――」

「そっちも同じく送り返した」

「…………」

大斧や大剣の手に馴染《なじ》む感触。銃火器では不可能だった新たな戦略も可能となり、キコルの戦闘力は飛躍的に上昇するはずだった。それで現場に出ることを想像していただけに、不満は大きい。

「お前の解放戦力なら銃でも十分な威力や。また次の戦いにお預けやな」

「わかり……ました」

キコルは渋々《しぶしぶ》頷くしかなかった。

「いいわよ別に……。私なら銃でも十分に戦えるんだから」

「何を言ってんだキコル？」

「なんでもないったら」

キコルはぷいと顔を逸《そ》らす。

「……？」

そんな事情があるとは露知らず、カフカは首を傾げる。

基地を出発してから二時間以上が経過し、ようやく輸送車が止まる。

保科は立ち上がり、車内の隊員の顔を見回す。

「さあ行くで皆の衆――怪獣退治の時間や。気合入れていこか」

扉が開くと、冷え切った風が吹き込んできた。外の光景を見たカフカは、息を呑《の》む。広大な敷地に何十台もの輸送車が並んでいる。鈍色《にびいろ》の空の下、眼前に聳《そび》え立つは霊峰富士《ふじ》。山梨県《やまなし》南都留《みなみつる》——陸上自衛隊北富士駐屯地である。

カフカは自らの両頬をはたき、外へと歩み出した。

「よっしゃ！　やるぞ市川！　キコル！」

「どうしてあんたが命令してんのよ……。まったく」

第3部隊による怪獣討伐作戦が始まろうとしていた。

4

「ぶえっくしゅ！　うう、さみぃな……」

カフカはあまりの寒さに思わず身体を抱えた。気温は低く、曇天から降り注ぐ雨がさらに身体を冷やしていた。

レノは防衛隊の雨天用パーカーのフードを目深に被る。

「標高も高いですしね。東京と比べればこの時期でも6度は低いらしいですよ」

「避暑地としては最高なんだろうけどな……」

「威勢よく飛び出してそれって、あんたね」辺りを見回しながらキコルが言った。「でも確かにいい場所よね。それこそ雨じゃなければ」

カフカたちは真《ま》っ直《す》ぐ延びる道路の真ん中に立っていた。道路を進めば大きな湖畔が広がっており、向こうには富士山が聳え立つ。カフカたちがいるのは、富士五湖の中でも最長の周囲を誇る河口湖《かわぐちこ》だ。湖の周りにはホテルも多いが、今は人の気配が一切ない無人の都市と化していた。怪獣が発見されてすぐ、自衛隊による避難が完了したためだ。

(今そこから怪獣が出てきてもおかしくないんだよな……)

カフカは銃を握る手に力を籠める。

「取材の目もあるし、下手な真似《まね》は晒《さら》せないな」

「取材班ならいないわよ」キコルが突っ込む。

「え？　なんでだ、今日までのはずだろ？」

「今回の取材は私たちの基地内での訓練風景を撮るためだったから。現場に入るとなれば行政への申請がいるし、一般人なんかまず立ち入れない」

「あ……それもそうか」

解体業者時代も、怪獣討伐の通達を受けてから現場入りしていたことを思い出す。

「先輩、もしかして張り切ってたのって取材班がいると思ってたからじゃ……」

「う！　いやちょっと、ちょびっとだけだぞ！」

『新人たち、聞こえるか？』

保科から通信が届いた。雨天のためか無線にはノイズが走っている。

「保科副隊長からだ！」

『各隊、配置についたな。改めて作戦を確認するで。討伐対象の怪獣は河口湖に出現した。本獣は湖内に、余獣は市街地がある湖の南方向に上陸しとる。亜白隊長と僕らは、本獣および市街地を徘徊《はいかい》する余獣の掃討に当たる。新人の仕事は、湖の西方向に上陸した余獣を討伐すること。大型や賢《さか》しい個体もおるから、油断せんように。それに僕らが対処するとはいえ、本獣がそっちへ向かう可能性もある。そうなったとき止めるのは君らや』

「……了！」

カフカは自らを奮い立たせるように叫んだ。

『続いて、亜白隊長に代わる。心して聴くように』

『諸君、聞こえるか』

凛《りん》とした緊張感のある声が響いた。

（ミナ――！）

『事前に通達があったように、本件における本獣の推定フォルティチュードは7．1。余獣も多数確認している。一つ間違えれば命の危険がある』

命の危険——防衛隊の任務は常に死と隣り合わせである。わかってはいたことだが、改めて亜白の口からそれを聞き、カフカの胸がどくんと脈を打つ。

『そんな任務にもかかわらず、逃げずに挑む諸君に敬意を表する。時刻1015《ヒトマルヒトゴ》——本時刻より河口湖討伐作戦を開始する』

その言葉を皮切りに、遠方から銃声が聞こえてきた。討伐が始まったのだ。

すぐにオペレーターから通信が入った。

『余獣三体の上陸を確認！　四ノ宮分隊、向かえますか？』

「もちろん。やるわよ、レノ。日比野カフカ！」

「先輩、行きましょう！」

キコルとレノの言葉に、カフカは力強く答えた。

「おう！」

キコルを先頭にして、マップに表示された地点へと一同は向かう。

雨に濡《ぬ》れた道路を駆けていくと、前方に怪獣が見えてきた。四肢を有する魚類系の怪獣だ。魚類系怪獣は未熟なうちは水中で生活するが、成熟すると陸上で生活できるようになる。体表は銀色に輝き、腹部には三本の横縞《よこじま》模様がある。三体とも道路を真っ直ぐ走って

河口湖
カフカたち
怪獣多発
出現地区
ミナ、保科

くる。

最も大きな個体の対処にキコルが向かう。中型にはレノが、カフカが対処するのは最小型の個体だ。全長はせいぜい二、三メートルで軽自動車ほどだ。

怪獣は口を大きく開けた。その口内には無数の歯がひしめいている。

カフカは立ち止まり、小銃を構えた。

(戦力全解放――!)

カフカは相模原から随分と訓練を重ねてきた。射撃訓練のタイムも縮まっている。相模原で余獣に吹き飛ばされたときとは状況が違う。

「うおおおお!」

雄叫《おたけ》びを上げ、狙いを怪獣に絞り、引き金を引く。カフカが放った渾身《こんしん》の一撃は怪獣の頭を貫く――ことはなく怪獣の頭部ではじき返された。

「あれ?」

猛速で迫りくる怪獣に、ぱこーんとカフカは吹き飛ばされる。

「うぐえ――っ!?」

カフカの身体は宙を舞い、道路わきの茂みに頭から突っ込んだ。視界が真っ暗に包まれる。頭がずっぽり茂みに入り、引き抜けない。

「もが、ががが……！」

「あんた、何やってんの⁉」

キコルの叱責《しっせき》、次いで大きな射撃音が響いた。

「うぐ……っ！　なかなか抜けん……！」

カフカが暗闇の中で苦闘していると、足首を摑《つか》まれ無理やり蕪《かぶ》のように引っこ抜かれた。

足首を持ったキコルが、呆れ顔で見つめていた。

「ぷ、ぷはっ！　怪獣は？」

「もう片付けたわよ」

キコルが指で示した先には怪獣が倒れていた。胴体に大きな風穴が開いている。

「お、おお。さすがキコル！」

「あんた未《いま》だに解放戦力１％よ⁉　相手になるわけないでしょ！」キコルはカフカの鼻先にびしっと指を突き付ける。「周りに隊員がいる中で変身するってわけにもいかないんだから。あんたはあんたにできることをやりなさいよ」

「……そ、そうだな」

カフカは素直に頷いた。キコルの言うことはもっともだ。訓練を重ねているとはいえ、今の解放戦力では一般隊員にも遠く及ばないのだ。

「そうだ、市川は⁉」

カフカの銃弾は怪獣にまるでダメージを与えられなかった。レノが相対していたのはそれよりもずっと大きな怪獣だ。果たして大丈夫か、と思ったが――。

ずずん、という地響き。音の方を見れば、道路に怪獣が倒れている。その腹には大きな穴が開いていた。傍らには銃を構えたレノが立ち、フードの下の汗を拭っている。

「おお、市川ナイス！　やったな！」

「先輩……。解析班の情報通り、核を撃ち抜いたら倒せました。それに前よりも、怪獣の動きが見えやすくなった気がします」

カフカは余獣をしげしげと眺める。眼球は人間の頭ほどの大きさで、口内には鋭い歯が無数にひしめいている。腹部には立川《たちかわ》の河川敷で見た怪獣と同じく三本の横縞がある。魚類系怪獣は多種多様だが、肢《あし》の数や模様から種類の推定ができる。今回も解析班が種を特定し、核の位置が共有されていた。

「しかし……やっぱ間近で見ると魚類系怪獣はぎょっとするな」

「……ぎょっとする？」

キコルが不審そうに問う。

「ああ。ほら、眼《め》とかデカくて少し怖いよな」

「先輩それって……魚《ぎょ》だけにってことですか？」

「あっ……！」

絶句するカフカを前にし、キコルは白けた表情を浮かべている。

「言ったわね、おやじギャグ」

「いや違うぞ！　今のはギャグで言ったわけじゃなく偶然で……！」

「……レノ、岸の方に行くわよ。また別個体が上陸してくるかも」

「……ああ、そうだな四ノ宮」

二人はカフカを置いて岸へ駆け出した。

「待ってー⁉　お二人さん、本当に今のは違うんだってー！　置いてかないでー！」

後を追おうとすると、ずず……と背後で何かを引きずるような音がした。

「ん……って、え⁉」

振り向いたカフカは絶句する。レノが倒したはずの余獣が立ち上がっていた。腹からは血と臓物が溢《あふ》れ出し、血走った眼を向けている。

（市川が撃ち抜いたのに……⁉）

怪獣が大きな口を開け、カフカめがけて飛び跳ねた。転がるように避《よ》け、間一髪《かんいっぱつ》で攻撃をかわす。巨体が横を通り過ぎ、大きな風切り音が鳴った。

「くっ……！」

「先輩！」

銃声が一つ響く。レノの撃った炸裂弾《さくれつだん》は口内へ着弾。怪獣の頭が大きく爆《は》ぜ、道路に崩れ落ちて今度こそ動かなくなった。

キコルたちが慌ててカフカの下へと戻ってくる。

「詰めが甘いわよ、レノ。保科副隊長も言っていたでしょう、油断しないようにって」

「悪い四ノ宮……。先輩もすみません、核の部分を撃ち抜けてなかったのかも」

「いや」カフカは首を横に振る。「間違いなく解析班が指定した場所だった」

「……そんなはずはないでしょ。核が損傷したら生きてられないわよ」

「そうだな。……もしかして亜種だったのかもしれない」

亜種などは身体的特徴が僅かに異なるため、核の位置がずれるという報告事例もある。

——あんたはあんたにできることをやりなさいよ！

先ほどキコルに言われたことが頭に響く。

「よし、俺は怪獣の身体を確認してみる」

カフカは腰《こし》のホルダーからナイフを取り出し、怪獣の上に飛び乗った。魚類系怪獣は何度か解体の経験がある。しかしこの個体は表面が硬い鱗《うろこ》で覆われ、なかなか刃が通らない。

（くそ、ヒートチェーンソーが欲しいとこだな……）

作戦を変更し、レノが作った傷口からナイフを入れる。怪獣の内臓はまだ温かく、独特の臭気を発していた。降りしきる雨の中、カフカは一人で怪獣の解体を進めていく。

その様子を横で見ていたキコルが感心したように呟く。

「へえ……やるじゃない。あんなに手際良かったのね」

「皆が嫌がる腸作業にも果敢に突っ込んでたからな、あの人は」

そんな二人の声は、もはやカフカの耳に届いていない。彼の視線は、目の前の怪獣に注がれていた。腹膜を捌《さば》き、腸を取り出す。その後ろには表面に血管が張り巡らされた大きな半透明の臓器。中には液体が入っている。

（なんだこれ？）

持ち上げると、ぱちんと弾《はじ》けた。瞬間、マスク越しでも鼻を突く臭さが広がる。

「うわ、これ膀胱《ぼうこう》か！　尿だ！　市川、キコル！　どうしよう、すげー臭い！」

「ぎゃー！　その状態で近づかないでよ⁉」

「うぷ……！」

レノも解体作業時のトラウマが刺激されたのか、吐き気を催している。

「もう！　遊んでるなら先に行くわよ！」

「いや、俺は真剣で……って、ん？」解体した怪獣を見て、カフカはあることに気づく。

「わかったぞ市川、キコル！　どうしてこいつが起き上がってきたのか！」

河口湖には湖の南北を繋《つな》ぐ大橋がかかっている。保科がいるのはその南側、橋の袂《たもと》付近だ。市街地近くの岸からは、多くの余獣が上陸している。今も街中を大量の怪獣が闊歩《かっぽ》しており、保科を含めて熟練の隊員が対処に当たっていた。

『保科副隊長、討伐区域D《デルタ》の出雲です。ご報告したいことが――』

湖の西側にいるハルイチからの通信に保科は応える。

「核の位置を撃ち抜いても討伐できないか。その事例はこっちでも確認しとる。解析班に問い合わせてるところや」

多くの隊員から同様の報告を受けていた。保科自身も怪獣と相対し、それを確認している。

保科はオペレーターの小此木へと通信を入れる。

「小此木ちゃん？　僕や。余獣を確実に討伐する方法があるから、皆に知らせてくれるか。その方法やけど――」

ごとりと物音がした。建物の物陰に隠れていた余獣二体が飛び跳ね、通信している保科の背後から襲い来る。

キン――と短い金属音が響く。迫っていた怪獣二体はぴたりと静止した。強い寒風が吹くと同時に、その頭が胴体からぽろりと落ちた。

保科は手にした刀を振り払い、血を落とす。

「頭を落としておけば核関係なしや。兜焼《かぶとや》きやで」

『それを容易《たやす》くできるのは保科副隊長くらいです……！』

「そうか？　まあ、あっちはこう簡単にはいかんけどな……」

保科が河口湖を見やると、水面に大きな波紋が立った。湖面に巨大魚の頭が現れる。目玉だけで人の大きさを超えており、クジラさえ一呑みにできそうなほど大きな口をしている。

（本獣がここまで成長しとったとはな）

富士五湖では過去、大規模な調査が行われている。その際は、怪獣の生息は確認されていない。この魚類系怪獣は四肢を有しており陸上でも活動できる。幼体のときは水中で過ごす。成熟すると上陸して生息域を拡大する――というわけだ。

どぷん、と大きな水音を立て本獣は湖の中へ潜っていく。

（あんなもんを他の湖に逃がすわけにはいかんな）

保科は橋を見やる。橋長五百メートル、その中央に亜白ミナは立っていた。曇り空を映し濁っているようにも見える河口湖へ、砲身を向けている。

(そろそろ、隊長も準備ができたみたいやな)

そのとき、保科の下へ通信が入った。解析班かと思ったが、通信先はカフカだ。

『保科副隊長、よろしいでしょうか！　お伝えしたいことが！』

カフカの声からは焦りが感じられる。

「手短にな。なんや？」

『怪獣の死骸を解体したんですが、核の位置が事前の情報とは違うんです』

「でかした、全体へ共有するからすぐに場所を教えてくれるか？」

『はい、この怪獣の核は報告されていた箇所よりやや上部、鰓蓋《えらぶた》の上になります』

「大分ずれとるな。亜種か？」

『いえ、亜種ではないかと。というのもこの怪獣、恐らくまだ幼体なんです』

「幼体やと……？」

保科は顎《あご》に手を当てて思案する。

『はい。この怪獣は未成熟個体と成熟個体で僅かに核の位置がずれます。成熟すると肺《はい》が発達し、付近の核が圧迫されて下部に移動するからです。今回、解析班から通達された核の位置は成熟個体のものだった。でも、この余獣は俺が解体した限り肺がまだ発達しきっていない。幼体です。核がまだ上部にあるため、下部を撃ち抜いても死ななかった』

「……それは考えにくいで。ブリーフィングでも説明したが、この魚類系怪獣は成熟してから移動を行う生態や。お前の仮説やと幼体で上陸していることになる。肺が発達しきっていない段階で上陸してたら呼吸も苦しいやろ」

『裏付ける証拠もあります。肺だけじゃなく、増殖器官も未成熟なんです。いずれにせよ、上陸しているのはほとんどが幼体です。核の位置情報の修正を!』

「……わかった。幼体であることは確かみたいやな」

湖方面から破砕音が聞こえた。そちらを見れば、湖岸に建っていた一軒の家が吹き飛んでいる。今までの余獣とは比較にならない大きさの魚類系怪獣が進行している。

「噂《うわさ》をすれば、あれが成熟個体か」

怪獣の近くにいた隊員が銃を撃つも、鎧《よろい》のような鱗にはまるで傷がつかない。怪獣は隊員たちには目もくれず、家を吹き飛ばし市街地へと進行していく。

「撃ち方、止《や》め!」

保科の命により、隊員たちの掃射の手が止む。

保科は成熟個体めがけて飛び出した。建物の陰からもう一体小さな個体が姿を現した。

大きさからして恐らく幼体だ。

「邪魔や！」

カフカの情報通り、鰓の上部を刀で貫いた。余獣はぱたりと地面に倒れる。

その勢いを殺さず成熟個体へ近づいた保科は、先ほどの幼体とは違い、鰓の下部を刀で一閃《いっせん》する。怪獣は口から血の泡を噴き出して崩れ落ちた。完全に死んでいる。

確かに幼体の核は上部、成熟個体の核は下部にあるようだ。

「小此木ちゃん、僕や。カフカが核の位置を特定した」


核の情報は、小此木から全隊員へと伝えられた。

『カフカ、ようやった』

「……！　ありがとうございます！」

カフカは走りながらガッツポーズした。

(やった。微力だけどまた貢献できた！)

「先輩、やりましたね！」

と並走するレノが鼻をつまみながら答える。

「……まだ臭う？」

「すみません、臭います」

「こっちには絶対近づかないでよ！」

キコルはカフカから距離を取り、先を行っている。カフカたちは討伐区域Ｄへと向かっていた。そちらは他の新人隊員、ハルイチや葵《アオイ》の持ち場だ。現場には今も多くの余獣が上陸しているとのことだ。

前方、建物の陰に一体の余獣が見えた。こちらに気づく様子はない。

「俺が対処します」

レノが銃を構え、トリガーを絞る。放たれた銃弾は正確に、核を撃ち抜いた。怪獣がごぽりと血を吹いて倒れる。

（一撃かよ！）

レノの射撃精度、そしてその威力にカフカは舌を巻く。

（すげえ市川の奴、どんどん腕《うで》を上げてやがる！）

だがレノはそれをまるで鼻にかけず、カフカを見て顔を明るくする。

「先輩、助かりました。核を撃ち抜いたら無事に倒せましたよ」

「いや、俺っていうか市川の射撃の腕があってこそだろ」

実際問題、核の位置がわかってもカフカにはそれを撃ち抜ける腕前はないのだ。

「俺なんてまだまだですよ。しかし……解析班のデータが間違っていたなんて」

「画像で判断して情報が違ったっていう事例は過去にもあったらしい」カフカは資料室で見たデータを思い出す。「ましてや、幼体が上陸するなんて今までなかっただろうしな」

解析班は怪獣判断のプロだ。多くのデータを持っているし、怪獣に関する知識量ならカフカより豊富かもしれない。だが、長年怪獣の死骸に触れ、現場の経験で勝るカフカは、僅かな違和感を覚えた。今回はそれが上手《うま》く機能したようだ。

(実際に現場に出て、情報を補強できるのが俺の強みだ)

目標地点に到達。既にそこでは同期の新人たちが奮戦していた。地面には無数の余獣の死骸が転がり、ひっきりなしに射撃音が聞こえる。

「待たせたわね!」

キコルの銃弾が放たれ、隊員たちに迫っていた怪獣が次々と吹き飛んでいく。

「これは、頼もしい援軍が来たな」

銃を構えていたハルイチがこちらを見やり、にやりと笑う。

「味方が来たからといって油断するなよ、ハルイチ」と葵が釘《くぎ》を刺した。

「わかってるよ、葵。レノ、こっちの援護頼む!」

銃を撃っているハルイチが叫んだ。

「了！」

レノが飛び出し、カバーに入る。

（……すげえ）

その様子をカフカは離れた場所で眺めていた。自身の放った銃弾など怪獣はいとも容易《たやす》くはじき返すだろう。加わっても邪魔になるだけだ。

（いや、他人ばかり見ているな）

カフカは足元を見た。腹に穴が開いた怪獣が立ち上がろうとしている。余獣の数が多すぎて、中には正確に核を撃ち抜かれていない個体もいた。死角から隊員を襲うなど、十分に脅威となり得る。

（傷口があるなら俺でもいける！）

怪獣の身体に開いた穴をめがけ、カフカは距離を取って銃弾を放った。傷口がさらに広がり、怪獣が今度こそ地面に崩れた。

「俺が倒れた怪獣を無力化していく！」

カフカは奮戦する隊員たちへ向けて大声で叫んだ。再び重い銃を構え、動き出そうとしている瀕死《ひんし》の怪獣に向けて放つ。

（俺は、俺にできることをする！）

そのときである。ドン、という爆発音が響いた。

「な⁉」

カフカも、戦っていたレノたちも一瞬そちらへ顔を向ける。

湖の中央から何十メートルという水飛沫《みずしぶき》が上がっている。さながら隕石《いんせき》でも落ちたのか
という衝撃だ。その水柱の中央にいるのは巨大な本獣。湖から飛び跳ねたのかと思ったが、
そうではない。なぜなら本獣の丸太のように大きな肢が、一本吹っ飛んでいたからだ。

その光景を見た隊員たちは何が起こったのか一様に悟る。

カフカもまた拳を握りしめて、思わず叫んでいた。

「……ミナ！」

「先輩、隊長を呼び捨てなんてしたらまた腕立てですよ！」

レノが大声で叫んだ。

「大丈夫だ。通信は切ってあ――」

『聞こえとんで、カフカ』

耳元に響く聞きなれた関西弁に、さぁっと血の気が引く。

「……あれ？　俺、もしかして切り忘れてました？」

『河口湖は一周二十キロ近くあるそうや。後で見回りを兼ねて走ってもらおうか』

「……！　りょ、了！」

カフカたちから遠く離れた河口湖大橋。その中央に亜白ミナは堂々と立ち、砲身を構えていた。傍らに備えるのは白い虎、伐虎《ばつこ》である。

本獣が湖から上陸したとすれば、市街地には甚大な被害が及ぶ。また河口湖の周囲長を考えると、上陸してから隊員たちが駆けつけるには時間がかかる。だとすれば湖の中で仕留めるのが望ましいが、本獣は水面になかなか姿を現さない。

そこで亜白たちが考えたのは少し無茶な作戦だった。怪獣の位置に当たりを付け、湖ごと吹き飛ばすというものだ。亜白の大火力があってこそ実行できる力技だ。

湖上空を飛行する幾つものドローン。水面の波紋から怪獣のおおまかな位置情報が割り出され、オペレーターを通して亜白へと伝えられる。射角、威力などが演算され、亜白自身の手で照準が微修正され——射撃開始。

並みの解放戦力ならば射手が吹っ飛ぶほどの凄《すさ》まじい反動。踏ん張りを利かせている橋の路面に大きなひびが入る。轟音が響き、大量の水、そして怪獣が巻き上がる。怪獣の肢は一本吹き飛んでいる。

「二弾装塡《そうてん》完了」

怪獣は宙に巻き上がったまま、凶暴な形相を亜白へと向けた。その口から大量の水を勢いよく噴射する。彼女は咄嗟《とっさ》に横へと飛ぶ。何万リットルもの水は線状に伸び、数秒前まで立っていた場所を粉々に破壊した。橋の一部が崩壊し、後方に吹き飛んでいく。そんな中でも亜白は冷静に、怪獣を見据えている。

「伐虎」

亜白が二弾目を発射した。虎が身体を支えに入る。着水間際の怪獣めがけ、弾は真っ直ぐに飛ぶ。再び大量の水飛沫が上がった。その衝撃で水は蒸発し、辺りは濃霧に包まれた。一瞬だけ、怪獣の姿が隠れる。

だが、周辺を飛ぶドローンは水面の様子を捉えていた。本獣は亜白から距離を取るように、橋の南方向へ泳いでいく。

『本獣、依然として生存！　対岸へ遊泳——位置を再演算します』

「三弾装填完了」

『了！　撃ち方用意！』

片肢を失ってもなお怪獣の遊泳速度は速かった。肢を岸にかけ、橋の袂から上陸を試みる。

「させへんで」

そこに、保科は待ち構えていた。怪獣の前肢を刀の一閃で吹き飛ばす。支えを失った怪獣は尾から湖の中へと落ちていく。

「はい、お疲れさんやったな」

保科はすぐに場を離脱した。そこは既に亜白の射線だ。

「よくやった、保科」

亜白は即座に第三射を放つ。怪獣の背部に大きな穴が開き、大量の水飛沫と肉片が周囲に飛び散る。怪獣は甲高《かんだか》い断末魔の咆哮《ほうこう》を上げ、湖にぷかりと浮かんだ。

『本獣の生体反応、消失！』

「四弾、装填完了」

オペレーターからの通達がありながらも亜白は手を休めない。怪獣を見据え、弾を撃ち込もうと構える。討伐したはずの怪獣が再生するといった事例もある。再生不能なまで徹底的に破壊する必要があった。

とどめを刺すと、亜白はゴーグルを取り一息を吐く。橋の袂から保科が歩いてきた。

「隊長、本獣の討伐お疲れ様です。しかし、また派手にやりましたね。これだから第３部隊の後始末は大変だとか文句を言われるんですよ？」

「今に始まったことではないだろう」

「そらそうですわ」からからと保科は笑う。

「余獣討伐の進捗どうだ？」

「掃討しつつあります。対岸で新人たちが頑張ってくれとるみたいですわ。そこを片付ければ九割方は終わりかと。ただ――」

保科の言葉を亜白が引き継いだ。

「――違和感がある、か？」

「隊長もそう思いますか。引っ掛かるのはカフ……日比野隊員の仮説です」

「聞いている。上陸しているのは幼体だという分析か。増殖器官の成熟度合いからして、事実そうなのだろう。しかし、とすれば別の問題点が挙がる」

「はい。怪獣はどうして幼体のうちから上陸したのか、という問題ですね」

「湖内の餌が枯渇したという線はどうだ」

「それもあり得んかと。解析班曰《いわ》く、こいつら過去の事例では共食いしとります。これだけ余獣がいるんですから餌は豊富です。別の理由があるんちゃうかと」

「となれば――」

そこで二人に通信が入った。仮設拠点の小此木からだ。

『亜白隊長、保科副隊長！　急いでお伝えしたいことが！』

「どしたん、そないに焦って」

『先ほど亜白隊長が倒した本獣の推定フォルティチュードですが――6．5です！』

「6．5？」

保科と亜白は顔を見合わせる。

「確か初報での推定値は7．1やったな」

フォルティチュードは、初報では早く数字を出すため、正確な測定値と離れることはある。だが、さすがに誤差と言うには大きすぎる。

と、そこで保科ははっと目を見開く。

「小此木ちゃん、湖内全域をドローンで観測！　どこか特異的な波紋がないか確認。それと、微震の発生がないかもチェックや」

『え、湖内全域ですか？　少しお待ちください……。あ、ありました。確かに、僅かに振動が観測されてる地点があります。隊長たちがいる地点の対岸ですね』

小此木がマップに送った情報を見て、保科は頷く。

「隊長、これはまさか」

「ああ、私もその線を疑っている」亜白は通信を入れた。「斑鳩小隊、聞こえるか。すぐに私が指定する区域へ向かえ」

5

亜白が本獣の討伐に成功したことは、直ちに隊員たちに伝えられていた。

「ミナが……！」

余獣にとどめを刺していたカフカも、戦闘を続ける他の隊員たちも沸き立っていた。

「これで最後！」

残る一体の余獣の核を、キコルの銃弾が撃ち抜いた。これで周囲一帯の余獣の討伐は完了だ。新人隊員たちの間に安堵《あんど》が広がる。

しかしそんな余韻を壊すかのように、ズズン、という大きな地響きが鳴った。

「くっ⁉　なんだ⁉」

衝撃の大きさに立っていられず、カフカは地面へ手を突く。怪獣が歩く際に生じる地響きとは、タイプが違う気がした。もっと腹に響くような振動だ。

足元がひび割れ、隆起していく。地響きはカフカたちの真下から聞こえていた。

「なにこれ、どうなってるの……⁉」

キコルでさえも状況を把握しきれていない。

(……まさか！)

ここに来てカフカはようやく悟った。

「皆、ここから逃げろっ！」

カフカの声に反応した隊員たちが逃げ出した直後だ。ドッ、と大地が空へと舞い上がった。辺りは濃い土煙の雨に覆われ、まるで見えなくなる。

『総員警戒してください！　D地区北東に高エネルギーの発生を確認！』

オペレーターの通信を聞き、カフカは全てを理解する。なぜ幼体である魚類系怪獣が上陸していたのか。それは怪獣が命の危機を感じており、湖から一刻も早く逃げようとしていたためだ。恐らく本獣がこの湖を訪れる前、それこそ何十年以上も前から——この湖には別の大型怪獣が潜んでいたのだ。

『推定フォルティチュードは……7.1！』

やがて土煙が晴れ、それは姿を現す。全高五十メートルはあろう巨大な体軀《たいく》。体色は灰褐色で蛇にも似通った細長い姿だが、その胴は丸太のように太い。吸盤じみた肢が胴体に付いており、身体を支えている。頭部には宝石のように輝く碧眼《へきがん》が何個もついていた。

怪獣は吸盤を使い、進行を始めた。足元の木々を踏み潰し、市街地方向へと向かう。

「先輩、あれは……⁉」

問いかけるレノに、カフカは答えた。

「恐らく魚類系怪獣の一種だ！」

「魚類系⁉　あれがですか⁉」

「夏眠《かみん》とかいう生態だ！　道路工事で地面を掘ってると、近くに水がない場所でも稀《まれ》に魚類系怪獣が出てくることがあるんだ！」

夏眠はハイギョなどの魚で見られる特性で、身体を粘膜で包み、乾燥状態から身を守る機能がある。

かつてこの土地にやって来た怪獣は、発見できないほど地中深くで夏眠に入った。そして最近になり、四足歩行の魚類系怪獣が住み着く。増殖した魚類系怪獣は、眠っていた怪獣を目覚めさせてしまう。その存在を恐れた幼体は、我先にとこの湖から脱出を図っていたのだ。

『怪獣は富士河口湖町長浜《ながはま》へ上陸！　西湖《さいこ》方向へ進行！』

新人隊員たちの顔に不安が広がる。進行方向は十分な避難も完了しておらず、ここで食い止めなければ住民に大きな犠牲が出る。だが、果たして湖の反対方向にいる隊長たちが来るまで、この怪獣相手に保《も》つだろうか――。

そんな不安を吹き飛ばすかのような一発の銃声が響いた。キコルが銃を構えている。

「それなら、なおさら私たちが止めなきゃいけないでしょ！」

「同感だ、四ノ宮！」

ハルイチや葵も銃を撃ち始めた。新人の中ではトップクラスの解放戦力である三人による銃撃が続き、怪獣の体表で爆発が起きる。

「先輩、俺も行きます！」

それに感化され、レノを含めた他の新人も撃ち始めた。

だが、怪獣の進行は止まらない。蚊に刺された程度にしか思っていないのかもしれない。

（くそっ、あのままじゃ突破されるぞ……！）

後ろから戦闘を見つめていたカフカは歯噛《はが》みする。怪獣の進行を止められる戦力はこの場にはない。だが一つだけ方法があった。

（俺が、怪獣化すれば――！）

そのとき、怪獣の腹部で一際大きな爆発が起こった。怪獣はそこでようやく進行を止める。銃弾が放たれたのは、カフカよりさらに後ろの位置からだ。

振り向けば、立っているのは同期の伊春《イハル》だった。

「伊春くん！」とレノが叫ぶ。

「待たせたな！　お前にだけいい格好をさせねえぞ！」

伊春たちによる援護射撃が怪獣に命中し、体表が爆発する。

「……まったく、そんなこと言ってる場合じゃないですよ！」

そう言うレノだが、顔には笑みが浮かんでいる。

伊春だけではない。後ろには斑鳩小隊長を筆頭とした他の先輩隊員も揃《そろ》っている。反対方向である市街地に配置されていたはずの小隊が、なぜすぐそこにいるのか。

（どうしてだ⁉　あの距離からだともっと時間がかかるはずなのに――）

カフカの疑問に答えるかのように、保科から通信が入る。

『皆の衆、聞こえるか。今そっちに斑鳩小隊をよこした。我妻《あがつま》小隊、鷹尾《たかお》小隊も順次向かわせとる。なんとか踏ん張って、そいつをそこに貼り付けといてくれ』

（保科副隊長、既にこの怪獣の存在に気づいていたのか⁉）

ドン、と再び前方の怪獣の頭部で爆発が響く。中ノ島《なかのしま》小隊、板倉《いたくら》小隊、海老名《えびな》小隊も駆けつけた。第３部隊の戦力が集結しつつあった。

怪獣は完全に進行を止めていた。宙へと向けて身体をくねらせている。

「いけるぞ！　下肢に火力を集中！」

斑鳩小隊長の号令の下、射撃は足元の吸盤へ一点集中される。

だがカフカは、何か違和感を抱いていた。怪獣の身体は分厚い皮下脂肪に覆われており、銃弾は深くまで届いていない。それなのに足を止めた理由は一体――。

宙へと向けられた怪獣の碧眼が、青い光を放っていることにカフカは気づく。

『目標頭部に高エネルギー反応あり！　総員シールド！』

オペレーターの通信が入った。

「！」

カフカは瞬間、言葉に従いシールドを全開にする。

キイィン――と甲高い金属音のようなものが響く。

建物が、土が、湖が、跳ねあがった。怪獣頭部のユニ器官より発せられる高エネルギーが隊員たちを襲った。カフカもまた例外ではなく、遥《はる》か遠くまで吹き飛ばされていく。

「がっ……！」

身体が地面を転がる。土砂交じりの豪雨が頭上から降り注ぐ中、カフカはなんとか立ち上がった。先ほどまでひっきりなしに続いていた射撃音はすっかり止んでいる。土煙の中に、怪獣の巨大なシルエットが聳え立つ。

（なんて大きさだ……！）

怪獣と人間――圧倒的な力の差をカフカは改めて感じる。

「うう……」

カフカの近くで呻き声がした。見れば隊員が一人倒れている。前線で戦っていたのだろう。腕を負傷しているようだ。

カフカはすぐに救護に移る。腕を負傷しているが意識もはっきりしており他に目立った外傷もない。命に別状はないようだ。

ざざ……と通信が入った。聞こえたのは保科の声だ。先ほどの衝撃波で通信機が壊れたのか、ノイズが酷《ひど》くまるで言葉を聞き取れない。

再び頭上に青い光が見えた。聳え立つ怪獣の眼が発光している。

ざざ、と今度はオペレーターから擦《かす》れた通信が入る。

『再……目ひょ……に高エネルギー反……り！』

（連発――！）

シールドを張った状態でさえ吹き飛ばされた。このまま続けて撃たれたら、負傷して動けない隊員はどうなるか。それこそ壊滅状態になるのではないか――。

カフカは拳を握りしめ、決意を固めた。

（悪い市川、キコル。止めてくれたけど、俺は――！）

ぴりぴりと、周囲の大気が爆ぜるように鳴った。変身しようとしたその直前で――カフカは見た。

怪獣の背後に広がる河口湖の水面を、一筋の波紋が駆け抜けていく。まだ残っていた魚類系怪獣かと思ったがそうではない。湖を走っているのはモーターボートだ。大きなケースを背負った人影が、大きな跳躍をした。噴煙を抜けて飛び出したのは保科だ。


保科は怪獣の身体に飛び乗り、頭まで駆け上っていく。

(ここまでの大型が潜んでおったとはな。予想外や)

青く発光した眼球が周囲を照らしていた。

「させへんで。保科流刀伐術6式」

「八重《やえ》討《う》ち!」

駆け上った保科は怪獣の真上へ飛び出した。眼球へ向けて刀を振るう。

怪獣の頭部が裂け、血液が噴出する。空気を震わせるような絶叫が響いた。攻撃を受けてのたくったため、衝撃波は空中へと飛んでいった。

「頭部を飛ばす勢いでやったんやけどな! これやから大型怪獣は」

地面に着地した保科は、噴煙の中でキコルの姿を見つけた。怪獣の攻撃に対しても咄嗟にシールドを張り、前線にい続けたのだろう。

「ちょうどいいところにおったな、四ノ宮」

「保科副隊長！　背中のそれって――」

　銃を構えたキコルは目を大きく見開いた。

「さっき出雲テックスから届いてな。ったく、重くてしゃあない。すぐ先も見えないこの噴煙やし、お披露目式とはいかんが――一暴れくらいはしてこい」

　キコルは受け取ったケースを開いた。中に入っているのは専用武器である漆黒の大斧「Ax-0112」だ。

「総員、態勢を立て直せ。距離を十分に空けて、怪獣の頭部に狙いを絞って射撃や。高エネルギー弾に警戒しつつ、やっこさんをD地区東部の公園まで誘導する！　僕と四ノ宮の二人はこの怪獣の足元を切り崩す！」

『了！』隊員たちの声が響く。

　保科とキコルは同時に飛び出した。斧を構えてトリガーを引く。前方に発される巨大な衝撃波が、怪獣を切り裂いた。

「さっそく使いこなしとるな。さて――僕も行くか」

　その横では保科が刀を取り出し、吸盤に傷を付けていく。足元を破壊したことにより、怪獣の動きが明らかに鈍る。

　続いて怪獣の頭部で爆発が起こる。既に他の隊員たちも態勢を立て直していた。

カフカの耳元に、保科からの指示が届く。

(怪獣を公園に誘導……！)

土煙で視界は著しく悪く、目標地点まで見渡すことができない。しかしマップで確認すると、誘導地点までは四百メートル近く離れている。怪獣が苦悶《くもん》するように身をくねらせた。保科に切り裂かれた頭部が影響し、方向感覚を失っているようだ。

(こんな状況で四百メートルも移動させられるのか!? ……待てよ。夏眠した魚類系の怪獣は文京区《ぶんきょうく》で解体経験があったな。あのときは確か……イイダ解体さんと！　そうだ！)

カフカは装備していた音響閃光手榴弾《スタングレネード》を取り出す。戦力を解放し、全力でそれを投擲《とうてき》した。わずか1%、されど1%だ。音響閃光手榴弾《スタングレネード》は宙高く飛び、閃光と轟音を放つ。怪獣の青色の眼がそちらを向いた。

(やっぱりだ！)

カフカは急いでオペレーターへと繋ぐ。

「こちら日比野！　過去同系統の怪獣を処理した際、この怪獣には正の光走性がありました！　恐らく今回の怪獣も同様の特性を持っています！」

正の光走性とは、光の方向へ向かっていくことを示す。過去、カフカが処理したその魚類系怪獣は、深夜の文京区に出現した。遊園地の光に吸い寄せられたのだ。

『過去の事例を確認しました。日比野隊員の進言通り、同系統の怪獣に正の光走性あり！　総員に告げます。音響閃光手榴弾《スタングレネード》で誘導できるものと思われます！』

「了！」

公園方向へ次々と音響閃光手榴弾《スタングレネード》が投げ込まれた。眩《まばゆ》い光と音に怪獣が反応する。途中、怪獣の頭部が何度か光るも攻撃は不発に終わった。保科の斬撃が効いていた。

怪獣がたっぷり四百メートルは移動したところで――。

『頃合いや。総員、距離を取れ！』

保科から指示が飛ぶ。隊員たちは怪獣から距離を取る。カフカはその中にレノの姿を見つけ出す。また、キコルも怪獣の足元付近から飛び出してきた。

「先輩！　無事でしたか」

「市川！　お前も大丈夫か！」

「通信聞いてたわよ。音響閃光手榴弾《スタングレネード》の件、お手柄だったじゃない」

「キコルも……ってなんだ、その背中のでかいケース⁉」

「これ？　まあ、お披露目式は今度かしら。あまり私に合ったデザインじゃないのよね」

不満があるようだが、なぜか嬉《うれ》しそうだ。

「それより市川、今はどうなってんだ。通信が悪くて、保科副隊長の作戦が聞き取れなくて。どうして怪獣を公園まで誘導したんだ？」

「……誘導すれば後は、隊長が片付けるそうです」

「隊長って、ミナが？　まさか──」

保科から通信が響いた。

『総員、ご苦労。流れ弾に注意や』

直後、怪獣の胴体の一部が弾け飛んだ。肉片は背後の山まで飛び散っていく。

カフカは弾が飛んできた方向、河口湖の中央を見つめた。そこには鵜《う》の島《しま》という小さな無人島が浮かぶ。空を覆っていた鈍色の雨雲に切れ目が走り、差し込む一条の光が鵜の島を照らしている。その島に、亜白が立っていた。巨大な砲身が光を反射してきらりと輝く。

「ミナ……！」

鵜の島と公園を結ぶ射線の延長上にあるのは山であり、仮に弾が外れたとしても街に大きな被害は出ない。怪獣の肉片が飛び散っても民家への被害を抑えられる。それを考えて公園まで誘導を行わせたのだ。

（これが怪獣討伐のプロ──日本防衛隊第３部隊か……！）

亜白が第二弾を発射した。怪獣の太い身体を貫通し、その砲弾は背後の山まで届いていた。その威力は、先ほど湖内の魚類系怪獣へと放ったものよりさらに高い。亜白が力をセーブしていたことを、カフカは遅ればせながら理解する。

「随分と、離れちまったな……」

かつては隣で戦うと誓い合った仲だった。だが彼女は防衛隊に入り、隊長にまで上り詰めた。一方のカフカはつい最近、正隊員への昇格が決まったばかりだ。

（でも、それでも——）

カフカは拳を握りしめる。亜白が第三弾を装塡、発射した。

（近づいてはいる。見てろよ、ミナ……！）

弾丸は外れることなく、怪獣の頭部に直撃して吹き飛ばした。

『本獣の生体反応、消失しました！』

頭部を失った怪獣の身体から力が抜け、公園へ倒れ伏そうとしている。全て作戦通りだ。

隊員たちの間に、ようやく安堵の表情が広がった。だが、それとは裏腹にオペレーターが深刻そうな声で叫んだ。

『……!? せ、生体反応！ 微弱な生体反応をキャッチ！ これは……防衛隊員のものではありません！ 民間人です！ 逃げ遅れた民間人がいる……!?』

『なんやと!?』と保科の驚く声。

『どうして？　一帯の避難は完了してたのに！　駄目です、これじゃあ間に合わない！』

怪獣はゆっくりと地面に倒れ伏していく。土煙の中、確かに人影が見えた。

「……っ！」

気づいたときには、カフカはもう走り出していた。

「あ！　先輩⁉」

レノの制止も聞かず、噴煙の中へと突っ込んでいた。

6

「うわあああああああああああ！」

高層ビルに比肩するほどの巨大怪獣が倒れてくる。男は死を確信した。どうあっても逃げられない。自分の身体は紙のように潰れ、身元すら特定されないだろう。

男——取材班ディレクターの脳内を走馬灯が駆け巡る。彼の父親はジャーナリストだった。多くの怪獣の映像をカメラに収め、業界内では有名だった。しかし一九七二年の札幌《さっぽろ》で、後に怪獣2号と呼ばれる怪獣撮影の際に命を落としている。

彼は父に憧れ、多くの怪獣を撮影してきた。しかし昔ならいざ知らず、今では間近での怪獣の撮影、特に大型怪獣は固く禁止されている。

今回、第3部隊に取材を申し込んだのも怪獣を間近で撮りたいがためだった。現場に同行できれば儲《もう》けものだと思っていた。結局、現場への立ち入りは無理だったが、こんな機会を逃すなどありえない。怪獣の出現地点の反対側に隠れ潜み、ドローンを飛ばしていたが——まさかその地点に移動してくるとは。

(死ぬ……こんなところで俺は死ぬのか？　誰か助け——)

怪獣は間近に迫る。男は固く目を閉じた。


脚部を部分変身——カフカは噴煙の中を駆け抜ける。噴煙を抜ければ、前方に人の姿が見えた。地面にへたり込んでいるのは、第3部隊取材班のディレクターだ。

(どうしてあの人が……!?　いや、そんなことはどうでもいい！)

怪獣は男のすぐ頭上へ迫っている。カフカは地面を蹴って跳んだ。変身し、完全に怪獣8号と化す。拳を握りしめ、大きく振りかぶる。身体から眩い光が放たれていく。

ドローンが周囲を飛んでいたが、手加減をしている余裕はない。

「う、おおおおおおおおおおお！」

横殴り——カフカは怪獣を渾身の力でぶん殴った。

とてつもない衝撃が周囲一帯を包んだ。辺りは爆風に包まれる。

一撃。

崩れ落ちてきた怪獣の死骸は一撃で吹き飛び、河口湖へ飛び散っていった。パンチで飛び散った肉塊が上から落ちてきて、辺り一帯は血の雨だ。カフカはディレクターを抱えると、隊員たちがいなさそうな、誘導場所とは反対方向へと向かった。

民家の壁際にディレクターを寝かせる。ただ気絶しているだけのようだ。

「ふうぅ……」

息を吐くと、背後から物音が聞こえた。カフカの脳裏《のうり》を過《よぎ》るのは、相模原の後に保科と会敵した記憶だ。

（まずい！）

と思って物陰に隠れようとするカフカだが、やってきた人物を見て胸をなでおろす。レノとキコルだった。二人ともこちらへ全速力で走ってきている。

「市川！　キコルも――」

迎えに来てくれたのだろうと思い、カフカは二人に手を振った。

そして――。

「何やってんだー!?」

「何やってんのよ⁉」

「うげ――――っ⁉」

出会い頭にレノとキコル二人のパンチが顔面に突き刺さる。カフカは頬を押さえ地べたに座り込む。見上げれば二人は目を吊《つ》り上げていた。今まで見たこともない憤怒《ふんぬ》の形相だ。

「ヒ、ヒィッ……！　ど、どうしたんだ二人とも。いきなり……」

「いいから早く怪獣状態を解いてくださいよ⁉」

「お、おお。悪い悪いっ。ほら、この通り！」

「悪いじゃないわよ、あんた自分が何しでかしたかわかってんの⁉」

「大丈夫ですか？　俺たち以外の誰にも見られてないでしょうね」

「ああ、誰もいないしな。まあ、一機ドローンが飛んでたけど……」

「ドローン⁉」

レノとキコルの二人は目を丸くした。

「ああ、多分この人が飛ばしてたんだろうな。けど、大丈夫だ！　パンチの衝撃で吹き飛んだみたいだからな。映像も残っちゃいないと思うぞ」

親指を立てるカフカだが、レノとキコルは神妙な表情を浮かべ話し合っている。

「まずいことになったわね……」

「ああ、なんとかしないと……」

「ん？　どうしたんだよ。ドローンは壊れたんだから問題ないぞ！　多分回収もできないほどバラバラだ。俺の正体は誰にも――」

「先輩、今のカメラってデータをパソコンに飛ばせるんです」

「……ん？」

「ドローンもリアルタイムでそれを行っているはずです。壊れたところで録画は停止しているはずですが、映像はその直前までしっかりクラウドに保存されてますよ」

「つ、つまり……えーと？」

まだ理解しきれていないが、カフカは血の気が引いていくのがわかった。

「日比野カフカ。あんたの変身シーン、確実に、動画でまるっと残ってるわよ！」

「え？」ようやく自身の置かれた状況を把握する。「えええええええ⁉　どうするんだよ！　俺どうなるの⁉　どうなっちゃうの⁉」

「こっちの台詞《せりふ》ですよ⁉」

「どうにかしてデータを消すしかないわね」

「う、ううん……」

壁に寄りかかって眠っていたディレクターの男が目を覚ます。目の前のカフカたちを見て、何度も瞬《まばた》きを繰り返している。

「ここは……？　俺、い、生きてるのか？　君たちが助けてくれたのか？」

確かに助け出したのはカフカだが、それは怪獣8号に変身した状態でのことだ。

「あ、いや、えっとそれは──」

しどろもどろになっているカフカを、キコルが押しのける。

「はい、怪我《けが》はないようで何よりです。ですが、公共放送の職員さんなら十分にわかっていると思いますが、ここは民間人の立ち入りは禁止です。撮影した映像は預からせてもらってもよろしいですか？」

立て板に水を流すようにキコルは言葉を述べる。端で見ているカフカも思わず感心してしまう。とはいえ、向こうは危険を冒してまで動画を撮っていたのだ。素直に渡すとは思えないが──。

ディレクターは息を吐き出した。

「……わかった。動画のデータは差し出すよ」

「そうだよな。そう簡単には……って、いいんですか⁉」

カフカは思わず大声を出す。物わかりの良さに驚いてしまう。

「……こんな方法で撮った動画、とても放送になんて乗せられない。防衛隊で役立ててくれ」

カフカは顔を明るくし、レノたちに話しかける。

(お、おお！　やったぞ市川にキコル！　なんだかよくわからんけど上手くいった！)

(よくわからんけど、じゃないわよ！)

(次は気を付けてくださいって言っても無駄なんだろうな、この人は)


ディレクターの男は、こそこそ話し合っている三人の後ろ姿を見つめていた。

(日比野カフカ隊員……か)

正直に言えば、取材中はどうもぱっとしない男だった。保科はお笑い枠と嘯《うそぶ》いていたし、訓練も常に最下位で、採用された理由もよくわからなかった。そんな彼が自分を介抱してくれたなんて、不思議なこともあるものだ。

危険を冒してまで収めた映像をカフカたちに素直に差し出した理由、そんなもの一つしかない。男はもう目的を果たしていたからだ。

(……俺は怪獣が撮りたかった。でも、それだけじゃない)

彼の父親は現場で命を落としている。もしそこに防衛隊員が駆けつけていれば、父は助かったかもしれない。男が求めていたのはそんな救いだ。

（俺は、防衛隊員が人を救うところを撮りたかったんだ）

だからこそ防衛隊に取材を申し込んだし、現場にまで入り込んだ。結果として大変な事態を招き、自分は恐らく相応の処罰を受けるだろうが――。

（まあ、この一枚があればいいか）

ディレクターは胸ポケットからペンを取り出した。一見すると文具にしか見えないが、先端にはビデオカメラが付いている。今なお話し合っている三人の後ろ姿へ向け、録画ボタンを押した。


レノはディレクターから押収したノートパソコンを持ち運んでいた。後ろを振り返ると、カフカがディレクターを支えながら遅れて歩いてくる。

「……映像を確認したけど、先輩は映ってなかったよ。ぎりぎり画面を外れてた。このまま本部に提出しても大丈夫だと思う」

「運が良かったわね。本当に偶々《たまたま》よ、今回の。……ったく、レノ。あんたからも口を酸《す》っぱくして言っておきなさいよ。二度と人前で変身するなって。今回だって多くの隊員がいる前で変身して。ばれてないなんて奇跡よ」

「……もう何十回と言ってるんだよ」

「あー、あいつ本当に……」キコルはため息を吐く。

「それにもう四ノ宮もわかってるだろ。言ったからどうにかなるって人じゃないんだ、先輩は。必要があればきっと何度だって変身する」

「……そうね。演習場のときも」

「相模原のときも」

二人は同時にため息を吐く。既に二人は日比野カフカが、どういう人間かは十分にわかっていた。自身がどうなるかとか以前に、迷わずに変身してしまうのだ、あの男は。

（先輩はそういう人だ。先輩が変身しなくてもいいように俺は――）

（日比野カフカがどうして、どういう原理で怪獣になっているかも不明。怪獣に意識を取り込まれる可能性だってある。それでも私は、あいつを――）

言葉には出さないものの、二人は密《ひそ》かに決意を固めた。この防衛隊において、いや日本において、怪獣8号の正体を知る者として。

かくして河口湖討伐作戦――完遂。

S T A F F R O L L

スタッフロール

「あら、こんにちは。防衛隊の方？」

柴犬《しばいぬ》を連れた老婦人は微笑《ほほえ》んで会釈をした。並んで歩くカフカとレノも頭を下げる。

「どうも、こんにちは。今、哨戒《しょうかい》中で――うおっ！」

温厚そうな柴犬だったが、カフカを見るなり大声で吠《ほ》え出した。犬歯を剝《む》き出しにし、今にも嚙《か》みつきそうな勢いだ。

「あら、ごめんなさいね。いつもは大人しい子なのに……」

通り過ぎてしばらくたっても、犬は吠え続けていた。

「どうも最近、小動物に避けられてるような……」

「もしかしたら、動物は本能的に先輩のことを悟ってるんじゃ……」

「この先一生犬や猫に警戒され続けるのか、俺……？」

レノとカフカの二人はスーツを着込み、多摩川《たまがわ》沿いの哨戒任務を行っていた。河口湖《かわぐちこ》に現れた魚類系怪獣は余獣《よじゅう》を含め全て討伐されたが、その数は予想以上に多かった。川を伝って他の地域に余獣が逃げ出した可能性も考えられる。特に立川《たちかわ》では先日、河川敷に魚類系怪獣が現れており、改めて周囲を調べているのだ。

上流からキコルが歩いてきて、二人と合流する。

「お疲れ四ノ宮《しのみや》。そっちはどうだった？」とレノ。

「あっちもいなかったわ。ここらの区域は問題なしね。次に哨戒するのは――」

「なあ、その前に二人とも、どこかで涼んでかないか？　かなり暑いし」

「別に私はまだ大丈夫だけど」

「俺も大丈夫ですよ」

と答える二人だが、カフカの顔を見て考え直す。彼の頰《ほお》を大粒の汗が流れ落ちていた。

ついこの前の曇天が嘘《うそ》のように、立川の空は澄み渡っている。遠く海の上には峰のような入道雲がせり上がっており、季節はいつの間にか夏めいていた。

「……先輩、少し休んでいきましょうか」

「しょうがないわね。ま、熱中症になられても面倒だし」

三人は川沿いの駄菓子屋へとやって来て、店先のベンチへと座った。カフカは人数分の飲み物を買い、表にいる二人に一本ずつ手渡す。

「ほら、キコル」

「なにこの瓶？　……あ、これラムネ？」

「前に飲みたいって言ってたろ」

「飲みたいじゃなくて、あんたが飲ませてやるって言ってたんだけど。ま、ありがと。受け取っておくわ……ってなにこれ？　ビー玉が詰まってる？」

「どうだキコル開けられるか？　でなきゃラムネには辿《たど》り着けんぞ！」

「できるわよ、これくらい。……なにこの緑の蓋？」

「どわははははは！　手こずってるな！」

「手こずってないわよ！　こうやって、押して……ほら！　できたじゃない！」

カラン、とビー玉が落ちて、炭酸の弾《はじ》ける音が鳴る。

「おお、やるな！」

「私にかかれば楽勝よ！」キコルは笑ってラムネを口にする。「甘っ。うん、でも美味《おい》しい」

カフカもラムネを開け、口に含む。炭酸と爽快感のある甘味が喉元《のどもと》を通り過ぎ、身体《からだ》を潤していく。ラムネを飲むだなんて何時《いつ》以来だろうか。子供の頃の縁日を思い出す。

「先輩、そう言えば聞きましたか」横でラムネを開けたレノが言う。「この前の取材で来ていたディレクター、懲戒処分を受けたらしいですよ」

「え、そうなのか？」

「はい。討伐区域への無断侵入ですからね。実際に命さえ危うかったわけですし。ただ、河口湖討伐作戦の報道が大きすぎて陰に埋もれてますけど」

「……まあ、でも良かったよな。命があってさ」

「命があって良かったたって、それはこっちの言葉よ」キコルはじっとカフカを睨《にら》む。「もしあのビデオにあんたが映ってたら、今頃大変なことになってたわよ」

「う……。あの件は悪かったって」

「しっかりしなさいよ。もう正隊員になったんでしょ？」

「ああ……」

つい今朝《けさ》のことだ。カフカは隊長室に呼び出され、第3部隊隊長である亜白《あしろ》ミナから正式な辞令を受け、正隊員となった。

『日比野《ひびの》カフカ――本日本時刻をもって、候補生改め正式に防衛隊員に任ずる』

隣に立つことを約束した幼馴染《おさななじみ》から直々に言われ、今のカフカは奮い立っていた。任務にもいっそう気合が入っている。

「よし！　哨戒を再開しようぜ」

「休もうって言ったのは誰よ。調子がいいんだから」

隊長室の前に立つ保科《ほしな》は、扉をノックする。ふと、既視感を覚えていた。亜白が第3部隊隊長に就任したばかりの頃も、同じように扉を叩《たた》いた。ただ、あの頃とはまるで状況も違う。自分も今やこの部隊の副隊長だ。

「失礼します。保科宗四郎《ソウシロウ》、参上しました」

執務机の奥で、亜白は背を向けて立っていた。窓ガラスから差し込む光が彼女のシルエットを浮かび上がらせている。

「急に呼び出してすまなかったな」

「…………」

「どうした？　私の顔に何かついているか？」

「あ、いえいえ。なんでも」

当時の亜白はまだ幼さを残す顔立ちで、髪《かみ》は肩口《かたぐち》までしか伸ばしていなかった。今の彼女は当時と雰囲気が違う。濡《ぬ》れ羽色の髪は背中まで伸び、顔立ちは凜々《りり》しく、表情は硬いようにも見える。亜白が大きく変わったと思う者もいるだろう。

だが保科は知っている。こちらを見る彼女の目は、あのときと変わらず真《ま》っ直《す》ぐなままだ。

「話というのはなんですか、亜白隊長。そろそろ出張の時間やないですか？」

「ああ、話が済んだらすぐに本庁へ向かう。先日の河口湖の件だ」

「何か続報でも？」

河口湖討伐作戦——河口湖周囲に存在した魚類系怪獣の出現。余獣も多数出現したが確認されたものは全て討伐。近くの陸上自衛隊の協力もあり、市民への被害は最小限に抑えられた。しかし街の復興にはしばらく時間がかかりそうだ。

「解析班から届いたデータだ。当日の河口湖近辺で計測されたフォルティチュードだ」

亜白の差し出した報告書を手にする。経時変化する波形グラフが描かれていた。小さいのは余獣のものだろう。後半ぐっと伸びた二つの波形、一つは魚類系怪獣の本獣、もう一つは夏眠《かみん》していた怪獣だ。重要なのはその後だ。７．１を遥《はる》かに超える波がある。

「推定フォルティチュード９．８……」

「測定時刻は私の砲弾を受けた怪獣が倒れる直前。グラフを見てもわかるように一瞬だ。誤作動、あるいは怪獣が死ぬ直前による誤計測を疑っていたが——」

「怪獣8号ですね」

保科は即答した。迷いなく一瞬のことだ。

「そう思うか」

「はい。あの場には間違いなく怪獣8号がいたんやと思います。隊長がとどめを刺した怪獣に一撃を加え、戦線を離脱したんでしょうね。何を考えているかはわかりませんが――」

「9号の件といい脅威だな。この件も含めて本部で話し合ってこよう。私が留守の間、この基地は任せたぞ」

「任されました」

保科が亜白へ敬礼して部屋を辞そうとする直前、亜白が言う。

「言い忘れていた。今朝方、日比野カフカに正式な辞令を出した」

「おお、あいつもこれで正隊員ですか。まさか首にならんとは」

「推薦したのはお前だろう」

「はは、そうでしたっけ」保科はけらけらと笑う。

「テレビ局からも謝意を表すメールが届いていた。市川《いちかわ》、四ノ宮、そして日比野の三人に助けられたとな」

（三人……？）

河口湖での救助活動はレノから報告を受けていた。報告書では、キコルと二人でディレクターを助けたとのことだった。なぜそこに彼が加わるのだろう。

（カフカの存在をあの場からもみ消した？　なんでそんなこと……）

カフカと怪獣8号――一瞬、保科の頭の中で何かが繋《つな》がりかける。だが、すぐに頭の中に日比野カフカの日常が浮かんできた。任務では余獣を一体も倒せず、訓練でも失敗続きだ。

（……そんなわけない、か）

保科が一瞬だけ抱いた違和感は実像を結ばず、すぐに霧散した。

その夜、娯楽室には多くの隊員が集まっていた。いつもは自主訓練をする葵《アオイ》たちも珍しく顔を出している。皆の視線はテレビ画面に注がれていた。

緊急のニュースがなければ、特集は今夜報道されると通達があったのだ。カフカは後ろで、緊張しながら画面を見つめていた。隣ではレノもそわそわしている。

「市川、俺しっかり映るかな……」

「先輩インタビュー受けてたし、十分にあり得ますよ」

「日比野カフカ……あんたが心配するのは別のことでしょ」隣のキコルが小声で言う。

「万一にでも怪獣化してる場面が映ったら大スキャンダルよ」

「大丈夫だろ。そんなヘマはしない！　……はずだ」

「自信なくなってるじゃない……」

言われると不安になってしまう。万一にでも部分変身などが映り込んでいたら——など
と考えていると、カフカの胃はきりきりと痛んできた。

「お、来たっ！」

テレビ前に陣取っている伊春《イハル》が叫んだ。

キャスターの背後に、隊長である亜白の顔が映されていた。

『続いては特集です。亜白ミナ隊長が率いる日本《にほん》防衛隊第3部隊、その部隊には今年二十
七名の隊員たちが入隊しました。その新人隊員たちの、過酷な訓練生活に密着しました』

おお、と一同の間にどよめきが広がる。

「二十七名って……俺が入ってないんじゃないか？」

「まあ辞令前でしたからね」

最初に映ったのは射撃訓練の様子だ。隊員たちが銃を構えている姿から始まり、次々と
ターゲットを撃ち抜くキコルが出てきた。

「あ、きこるんだよ！」あかりが嬉《うれ》しそうに叫ぶ。

しばらく、キコルが訓練に励む映像が続く。

「お前めちゃくちゃ抜かれてるな」カフカは思わず唸《うな》る。

「当然よ。成績もトップだしそれに何より絵的に映えるもの」

ふふん、とキコルは得意げな顔で胸を張る。

「いや、待てよ。俺も隣で射撃訓練してたから、映像に出るかも――」

とカフカは期待に胸を高鳴らせるが。

『昨年の試験は過去最難関クラス。選び抜かれた二十七名は、入隊間もないとは思えない動きをしております』

「あ。射撃訓練のとこ終わりましたね」とレノ。

「市川、なんか露骨に俺だけ映されてなくなかったか?」

「あんたが映ったら過去最難関という説得力がなくなるでしょ」

「うぐ……っ!」

キコルの言葉が突き刺さり、カフカは思わず胸を掴《つか》む。

続いて、新人隊員のインタビューに移った。

まず画面にアップで表示されたのはレノだ。

「お、市川だぞ!」とカフカは叫ぶ。

「あ……。一日目の射撃訓練の後のやつですね」

向けられたマイクに対し、画面内のレノが凛々しい表情で答えた。

『俺はもっと強くなりたいんです。大切な人を守れるように』

それを見て、前で見ていた伊春が馬鹿笑いし始めた。

「うわ、レノ。お前インタビュー、カッコつけてんな〜！」

「つ、つけてませんよ、別に！」

レノのインタビューが終わり、画面が変わった。

答えているのは額《ひたい》に汗を流している伊春だ。

「お、俺だ！」

画面の中の伊春は答える。

『こんなんじゃまだ足りねえ。もっと強くなるんだ、俺は……』

「……伊春くんも同じこと言ってるじゃないですか」

「う、うるせえな⁉」

画面は次いで障害走へ。ハルイチと葵のコンビが廃墟《はいきょ》を駆け抜けている絵面が映し出された。葵が銃を抜き、物陰から現れた標的を撃ち抜く。

頬杖《ほおづえ》を突いていたハルイチはそれを見て呟《つぶや》く。

「葵、やっぱり動きが硬いな。今の場面、俺なら二秒は縮められたよ」

腕《うで》を組んでいた葵がそれに答える。

「ハルイチ、お前の場合はもう一度基本に立ち返った方がいい。基礎あってこその応用だ」

「いや、葵は河口湖でも――」

「いや、お前こそ――」

と二人はテレビそっちのけで言い合いを始める始末だ。

次々と、基地内の様子が映し出される。食堂で夕食を頬張るハクア、座学に真剣な様子で臨むあかり、道場で訓練に励む隊員たち。自分の姿が映る度にちょっとした歓声が上がる。

そして、基地内に警報が鳴り響き、出動準備をしている姿が映る。

既に特集時間は十五分を超え、番組の終了時刻も迫ってきている。

「……おい、これ」

カフカは嫌な予感がしてきた。

隊長室で執務机に向かう亜白が画面に映る。

『防衛隊員は、いつ何時死んでもおかしくない過酷な任務です。私は最前線で彼らの盾、また鉾《ほこ》となりともに戦いたい。そう思っています』

そこで映像は途切れ、スタジオへと戻った。

カフカは横のレノを見て大声で叫ぶ。

「なあ市川……俺まったく映ってなかったんだけど⁉」

「い、いえ。映ってましたよ」

「え、どこで⁉　見逃したか⁉」

レノは一瞬だけ言い淀《よど》んだが、ぼそりと口にする。

「道場で保科副隊長に倒されて地面に転がってるシーンが一瞬……」

「むしろ消してくれ！」

「……それより、変な映像がなくて安心したわ」

「いや、それは良かったけど……！　ちくしょう、今に見てろ。次にテレビが来たときは単体で特集を組まれるようになってやるからな！」

ミナの隣に並ぶ――それがカフカの目標なのだから。

テレビの特集で自分たちの訓練を客観視すると、新たに気づくこともあった。新人隊員たちは酒も入っていないのにお互いに指摘をしあい、議論はどんどんヒートアップしていく。娯楽室はいつしか喧々囂々《けんけんごうごう》と大騒ぎになっていた。

だから誰も、扉の陰に潜む人物には気づかなかった。

（なんや、僕が入る隙はなさそうやな）

保科は静かに口角を上げるとそのまま踵《きびす》を返し、暗い廊下を一人歩いていく。

キャスターの背後には、河口湖討伐作戦の映像が流れていた。レノとキコル、そして見切れているがカフカの後ろ姿が映っていた。それはディレクターが最後に隠し撮りしたものだ。自分を救ってくれた三人を称《たた》えるため、停職を食らう前に無理やりねじ込んだものだ。

しかし、口論していたカフカは一切気づかない。

コメンテーターは最後にこう締めくくった。

『怪獣の出現頻度が極めて高いことから、日本は怪獣大国とまで呼ばれています。そんな環境下で私たちがこうして日々生活を送ることができるのは、防衛隊員がいるためだと忘れてはなりません』

娯楽室の騒ぎはしばらく途絶えそうにない。

立川基地に入隊した新人——二十八名の夜は今日も更けていく。

防衛隊の訓練に密着

怪獣8号

密着！第3部隊

JUMP j BOOKS

■初出
怪獣8号　密着！　第3部隊　書き下ろし

[怪獣8号] 密着！　第3部隊

2022年11月9日　第1刷発行

著　者
松本直也 ◉ 安藤敬而

装　丁
並木久美子

編集協力
株式会社ナート

担当編集
福嶋唯大

編 集 人
千葉佳余

発 行 者
瓶子吉久

発 行 所
株式会社 集英社

〒101-8050 東京都千代田区一ツ橋2-5-10
TEL 03-3230-6297（編集部）
03-3230-6080（読者係）
03-3230-6393（販売部・書店専用）

印 刷 所
大日本印刷株式会社

ホームページ　http://j-books.shueisha.co.jp/

Printed in Japan　ISBN 978-4-08-703525-4 C0293
検印廃止